Über die Autorin

Bella Paasch wurde 2002 geboren und absolviert 2021 ihr Abitur in einer Gesamtschule. Schon seit sie klein ist, liebt sie es, Geschichten zu erfinden und diese zu erzählen. Im Alter von 11 Jahren wagte sie ihre ersten Versuche, ein Buch zu schreiben und seit einigen Jahren veröffentlicht Bella ihre Bücher im Internet. Mit Maybe Tomorrow bringt sie jedoch ihr erstes gedrucktes Buch heraus.

Maybe Tomorrow

Verblasste Erinnerungen

Bella Paasch

Roman

WREADERS VERLAG
Band 18

Dieser Titel ist auch als E-Book erschienen

Vollständige Taschenbuchausgabe
Deutsche Erstausgabe

Copyright © 2019 by Wreaders Verlag, Sassenberg
Druck: BoD – Books on Demand, Norderstedt
Umschlaggestaltung: Jay M. Avis
Lektorat: Julie Crouch
Satz: Lena Weinert

www.wreaders.de

ISBN: 978-3-96733-034-2

Prolog
REECE || PROLOG

Für einen Moment stand alles still.

Und um mich herum passierte alles, als hätte jemand meine Umgebung auf Zeitlupe gestellt, aber irgendwie rast auch alles in Sekunden an mir vorbei.

Die Zeit, die Bilder, die Erinnerungen.

Es waren einzelne Fetzen, die sich wie ein Puzzle zusammensetzten, doch dann wieder auseinandergerissen wurden.

Nur ich war erstarrt. Beinahe eingefroren.

Dann war da ein Klopfen.

Ein Pochen.

Mein Herzschlag hallte lauter als sonst in meinen Ohren wider.

Ich konnte spüren, wie das Adrenalin durch jede Faser meines Körpers jagte, als hätte es mich in tausend Stücke zerrissen.

Dann war da Holly.

Und mein Herz klopfte weiter.

Und dann war alles dunkel. So, als hätte jemand den Stecker für das Bild gezogen.

»Reece!«

Ich hörte sie.

Ich konnte sie wahrnehmen.

Ihre Stimme und den unerträglichen Schmerz in ihrer Stimme.

Doch die Stimme vermischte sich mit dem Klopfen und schien sich immer weiter zu entfernen.

Ich spürte ihre Hände in meinen Haaren und ihre Lippen an meinen.

Ich hörte ihr Lachen. Ihr vollkommen verrücktes Lachen.

Ich hörte ihr Weinen. Ihr vollkommen verzweifeltes Weinen.

Und ich fühlte, wie es ist, geliebt zu werden.

Ein Stich durchfuhr mein Herz und zugleich meinen Körper.

Verzweifelt versuchte ich nach ihr zu greifen, doch ich konnte sie nicht erreichen und von Sekunde zu Sekunde entfernte sie sich immer weiter.

Bis sie endgültig verblasste.

Ich glaube, da ist jemand.
Jemand, der mir wichtig ist.
Wer es ist, weiß ich nicht.
Ich kann mich einfach nicht erinnern.
Schließlich schalte ich das Licht aus und lege mich schlafen.

Vielleicht erinnere ich mich ja morgen.

Kapitel 1
HOLLY || VERGANGENHEIT

»Er schaut zu dir.« Tessa stieß mir fest mit ihrem Ellenbogen gegen meinen Oberarm.

Ich warf ihr einen bösen Blick zu, während ich mir die Stelle rieb, an der sie mich getroffen hatte. »Wofür war das denn?«, zischte ich ihr genervt zu und warf einen kurzen Blick auf meinem Arm.

»Dreh dich jetzt ja nicht um«, warnte sich mich vor.

»Warum sollte ich auch?«

»Hast du mir nicht zugehört?«, fragte sie, während sie sich nach hinten lehnte, sodass sie nun ganz im Sand lag. »Er sieht zu dir«, wiederholte sie sich dann.

Irritiert stoppte ich in meiner Bewegung und überlegte einen Moment darüber nach, was sie zuvor gesagt hatte. »Wen meinst du?«

Doch ehe sie meine Frage beantworten konnte, tat ich genau das, was ich angeblich nicht tun sollte.

Und schlagartig wurde mir auch der Grund dafür bewusst. Er blickte tatsächlich zu mir und sein Blick fixierte mich.

Panisch riss ich die Augen auf und schaute eilig wieder zurück.

Vorwurfsvoll sah ich zu Tessa und kniff die Augen zusammen.

Hätte sie mich nicht warnen können?

»Oh, den Stiefel werde ich mir jetzt nicht anziehen«, erwiderte sie. »Ich habe dich versucht zu warnen, Holly.«

Ich schüttelte hastig meinen Kopf, wobei meine braunen Haare umherflogen und schließlich wieder auf meinem Rücken landeten. »Hast du nicht!«

Sie zog eine Augenbraue hoch.

»Okay«, murmelte ich. »Vielleicht hast du es ja doch versucht.« Erneut wagte ich einen Blick über meine Schulter und traf erneut auf den von Reece. Ein Grinsen schlich sich auf sein Gesicht, während er mich musterte.

»Geh zu ihm«, zischte meine beste Freundin mir von der Seite aus zu.

Und was dann? Sollte ich ihn nach dem Wetter fragen?

Irgendwie hätte ich es geschafft, dass das ganze total seltsam und eigenartig wäre.

Schlussendlich würde ich mich komplett gegenüber ihm und allen anderen blamieren und mir nichts sehnlicher wünschen, als stumm im Erdboden zu versinken. Am besten blieb ich dort dann auch für die nächsten Tage oder sogar Wochen.

»Oder willst du, dass Bree sich ihn schnappt? Dann heulst du mir die Ohren voll.«

Da übertrieb sie aber maßlos.

»Sie kann ihn mir nicht wegnehmen, wenn ich überhaupt kein Interesse habe«, entgegnete ich. Allerdings ohne ihn wirklich aus den Augen zu lassen.

»Ist klar«, lachte sie.

Schwungvoll drehte ich mich zu ihr und unterbrach somit den Blickkontakt zu Reece. »Tessa! Das ist mein Ernst.«

Sie zuckte nur mit den Schultern. »Wenn du meinst.« Das klang aber noch immer nicht ganz überzeugt.

»Du bist blöd«, schmollte ich. »Weißt du das?«

»Ich habe recht. Warum gibst du es nicht einfach zu?«

Sie war der festen Überzeugung, dass sie immer im Recht lag. Meistens war sie das auch, war sie es jedoch nicht, wollte sie es einfach nicht zugeben und würde es auch nie, selbst wenn es ihr bewusst wurde.

Ich verdrehte die Augen. »Weil du ausnahmsweise nicht im Recht bist. Ich habe dir doch schon oft erzählt, dass es in der Stadt, in der ich vorher gewohnt habe, nur Idioten gab und ich-«

Sie unterbrach mich. »Und du deswegen momentan keine Beziehung möchtest, weil deine beiden letzten beschissen waren«, vollendete Tessa meine Ansprache. »Ich weiß, ich weiß. Aber du musst ihn ja nicht gleich heiraten.«

Dass ich ihn nicht direkt heiraten musste, ist mir natürlich bewusst, aber mal abgesehen davon, dass ich zurzeit keine Lust habe, etwas anzufangen, verhielt ich mich gegenüber Reece – wie sollte ich es am besten sagen – sonderbar.

»Das Interesse besteht trotzdem nicht.« Gedankenverloren schaute ich auf das Lagerfeuer, das welche aus unserer Stufe angezündet hatten und vergrub meine Füße im Sand des Strandes.

»Rummachen reicht doch«, fügte sie leise hinzu.

»Tessa!« Entsetzt schlug ich ihr auf den Arm.

Dieses Mal erfuhr ihr das »Aua«, doch genau das hatte sie verdient.

»Ja«, nahm ich plötzlich eine Stimme auf meiner anderen Seite wahr. »Rummachen reicht doch völlig.«

»Callum, du Toast«, murrte ich, als ich bemerkte das er es war.

»Und was genau hat das arme Toast dir getan?«

»Ich mag kein Toast«, erklärte ich stumpf.

»Muss ich das jetzt auf mich beziehen?«

Ich nickte. »Tu dir keinen Zwang an. Was machst du eigentlich hier?«

Vor noch zwei Minuten stand er doch noch bei seinen Freunden. Unter anderem Reece, an welchem ich nebenbei kein Interesse hatte, was meine nette beste Freundin jedoch nicht verstehen wollte.

»Ich soll Amor spielen«, verkündigte er stolz.

»Für dich und Tessa? Viel Spaß euch beiden«, trällerte ich und wollte mich damit eigentlich erheben und die Flucht ergreifen, bevor das keine Option mehr war.

»Na ja, eigentlich für Reece«, äußerte Callum sich. »Aber wenn ich schon mal hier bin«, erwähnte er möglichst beiläufig, während er sich etwas zu Tessa drehte, die weiterhin auf den Boden verweilte und nicht den Eindruck machte, als würde sie das ändern wollen.

Ich musste definitiv die Flucht ergreifen.

Flehend sah sie mir hinterher. »Du kannst mich nicht mit dem alleine lassen«, versuchte sie mich zum Bleiben zu bringen und setzte sich doch aufrecht hin. Sieh mal einer an.

Ich ließ mich nicht beirren. »Du siehst doch, wie ich das kann.« Provozierend grinste ich sie an und lief einige Schritte rückwärts.

»Wenn du jetzt gehst, wirst du das bereuen.«

Sie setzte ihre Drohungen nie durch. Oft hatte sie es innerhalb ein paar Minuten bereits völlig vergessen.

»Dann musst du mich erst finden.« Schnell warf ich ihr noch einen flüchtigen Blick zu, ehe ich mich davonschlich.

Ein paar Schritte weiter blieb ich allerdings verdutzt stehen. Hatte Callum gesagt, er müsse Amor für Reece spielen?

Meine Augen wanderten zu dem Platz, wo Besagter vorhin noch stand.

Er war nicht da.

Woanders auch nicht.

Er war spurlos verschwunden.

Vielleicht suchte er mich.

Ich schnappte nach Luft. War das wirklich möglich?

Ich schüttelte den Gedanken recht schnell wieder ab. Wahrscheinlich hatte er einfach keine Lust mehr und ist gegangen. Das war alles.

Außerdem ging es mich weder etwas an, noch wollte ich es eigentlich wissen.

Dann wäre diese Sache ja auch geklärt.

Zufrieden ließ ich mich wieder in den Sand fallen und betrachtete das Meer vor mir, welches durch Wellen näher zu mir kam und sich dann wieder zurückzog.

Warum war ich überhaupt hier? Eigentlich hätte ich noch einen Berg an Hausaufgaben gehabt, welcher jetzt auf meinem Schreibtisch auf mich wartete.

Nur hatte Tessa mich leider überredet. Sie meinte, dass das Lagerfeuer ein Muss in unserer Stufe ist und es von unserem Jahrgang jedes Jahr gemacht wurde.

Das dürfte ich auf keinen Fall verpassen.

Aber jetzt saß ich hier. Alleine.

Okay, das hörte sich wirklich sehr traurig an.

In solchen Momenten vermisste ich meine alte Schule und meine alten Freunde.

Damit sagte ich nicht, dass Tessa, Malea und diese Schule nicht auch gut waren, dennoch war es anders.

Meine Eltern hatten schon lange geplant, dass wir aus diesem kleinen Dorf ziehen und dafür in eine Großstadt, aber es nie wirklich durchgezogen.

Sie waren eher dafür bekannt, dass sie sich etwas in den Kopf setzten, doch nicht in die Tat umsetzten, was für mich völlig okay war.

Bis vor den Sommerferien.

Und ehe ich mich versah, verbrachte ich meine Ferien zwischen Umzugskartons.

Ich seufzte, legte den Kopf in den Nacken und schloss die Augen.

Mom und Dad waren vorher wirklich niemals spontan. Plötzlich hatten sie aber unser Haus verkauft, hier ein kleines neues Haus erworben und Dad hatte seinen Job gekündigt.

»Ignorierst du mich?«

»Was?« Ich lugte zu ihm. Er beobachtete mich von der Seite und seine dunkelbraunen Haare standen unordentlich in alle Richtungen ab.

»Seit letzter Woche gehst du mir aus dem Weg.«

Oh, du meinst, als du mich gefragt hast, ob ich mit dir ausgehen würde, daraufhin ich hysterisch losgelacht habe, den Rückzug rückwärts angetreten habe und gegen eine offenstehende Tür geknallt bin?

Das sagte ich natürlich nicht laut.

»Was? Nein, ich gehe dir doch nicht aus dem Weg«, winkte ich lachend ab.

Genau das war mein offizieller Plan.

Reece musterte mich kritisch und war offensichtlich nicht sehr überzeugt.

»Dafür gibt es doch keinen Grund«, fügte ich hinzu und kaute unruhig auf meiner Unterlippe. Das würde er mir doch nie glauben.

»Okay«, erwiderte er dann zögernd. »Wenn das so ist, kannst du ja am Freitag mit mir ausgehen.«

Fast verschluckte ich mich an meiner eigenen Spucke, ehe ich hustete und er mir leicht auf den Rücken klopfte.

Freitag? Heute war Mittwoch.

Das hieß er meinte schon Übermorgen.

»Alles in Ordnung, Holly?«, erkundigte er sich, konnte sich aber dennoch kein Schmunzeln verkneifen.

Ich nickte. »Mhm, alles super. Und bei dir so?«

Nichts war super. Er konnte mich doch nicht einfach so überfallen. Was fiel ihm eigentlich ein?

Ich stand hier schließlich kurz vor einem Herzinfarkt.

»Sehr gut. Dann sehen wir uns spätestens Freitag.« Er stand so schnell auf, dass ich nichts mehr entgegnen konnte. »Ich hole dich um Acht ab.«

»Nein, ich kann nicht«, brachte ich mühselig heraus.

»Wir sehen uns Holly.«

Kapitel 2
REECE || GEGENWART

Manchmal kann das passieren, womit wir am wenigsten rechnen.

Von einem auf den anderen Moment kann sich alles verändern.

So wie bei mir.

Nichts ist, wie es einmal war und ändern kann ich rein gar nichts. So gerne ich es mir wünsche.

Wird mir alles, was ich wissen will bis ins letzte Detail erzählt? Eher nicht.

Stattdessen verdreht man die Wahrheit, um mich angeblich zu schützen. Aber ist es dafür nicht längst zu spät? Ich weiß ganz genau, was ich morgens gerne zum Frühstück esse. Das Müsli aus dem Supermarkt gleich um die Ecke.

Ich kann mich erinnern, was meine Lieblingsfarbe ist. Ein dunkles blau.

Selbst die Namen unserer Nachbarn kenne ich und sogar den Namen der gruseligen Katze von Nebenan ist mir bekannt, vor der ich schon Angst hatte, als ich im Kindergarten war. Bambi heißt sie. Wobei doch jeder wusste, dass Bambi keine Katze ist, was wiederum meine ganze Kindheit durcheinandergebracht hatte.

Jedoch ist da dann noch das letzte Jahr, aus dem mir jede einzelne Erinnerung fehlt, was ich erst nach wenigen Tagen anfing zu begreifen. Es ist, als hätte dieses Jahr nie existiert.

Als hätte mein Leben davor einfach auf Stopp gedrückt und ist von einen auf den anderen Tag stehen geblieben und würde nun wieder weitergehen, als wäre dazwischen nichts passiert.

Ich dachte, dass ich mich noch an gestern erinnern könnte, doch diese Erinnerung ist anscheinend schon länger her.

Danach gibt es nur noch diese völlige Leere und eine helle Stimme, die immer wieder nach mir rief, in meinen Träumen. In einer Dauerschleife wiederholt sie sich immer und immer wieder. Fast jede Nacht tauchte sie in meinen Gedanken auf.
Genau diese Stimme kann ich jedoch nicht zuordnen, was mich mittlerweile irre im Kopf macht.

Und so sehr ich mich auch bemühe, die verschwundenen

Momente zurück zu holen, funktioniert hat es bisher nicht.

»Worüber denkst du nach?« Meine Schwester setzt sich an das Fußende meines Bettes und zum Teil auf die zerknitterte Decke, die nur zur Hälfte über meinen Beinen liegt.

Seufzend lehne ich mein Kopf gegen die Wand, ehe ich die Augen schließe.

Wo soll ich da anfangen?

Gefühlt tausend Fragen schwirren in meinem Kopf umher, die ich mir einfach nicht beantworten kann und genau diese Ungewissheit macht mich vollkommen wahnsinnig.

»Was habe ich verpasst?« Das war in letzter Zeit wahrscheinlich meine häufigste Frage. Beantwortet habe ich diese allerdings nie ganz bekommen.

Mackenzie strich sich eine Strähne ihrer braunen Haare, die dieselbe Farbe wie meine kurzen Haare haben, hinters Ohr und räuspert sich leise. »Was willst du wissen?«

Ich schnaube verächtlich. »Woher soll ich das wissen?«, antworte ich schließlich. »Ich kann mich schließlich nicht einmal erinnern, das neue Jahr begonnen zu haben, geschweige denn ein Jahr älter geworden zu sein.«

»Das tut mir leid, Reece«, setzt sie an, doch ich unterbreche sie, bevor sie weiterreden kann. »Ich brauch dein Mitleid nicht, Mackenzie«, meine ich, schlage genervt die blaue Bettdecke zur Seite und steige aus dem Bett, um anschließend mein Zimmer zu verlassen.

Ich kann es einfach nicht mehr hören, wie leid ich allen tue. Aber viel schlimmer sind die Blicke, die mir jeder heimlich zuwirft, wenn sie dachten, dass ich es nicht bemerken würde. Doch das tat ich.

»Reece«, seufzt Mackenzie und steht ebenfalls auf, ehe sie mir die Treppe herunter folgt. »Jetzt warte.«

Unbeirrt laufe ich weiter zur Küche, wo ich bereits die Stimmen von Mom und Dad höre.

»Reece!«

Ich stoppe.

»Hör mir bitte zu.«

Missmutig drehe ich mich um. »Was? Warum sollte ich dir zuhören? Ihr erzählt mir seit fast zwei Monaten immer das Gleiche. Ich bin keine Porzellanfigur, die jeden Moment kaputt gehen kann. Das wird nicht passieren. Aber ihr schnallt das ja einfach nicht.«

Das ist schon passiert. Also was habe ich noch großartig zu verlieren?

Ich schüttle den Kopf, um den Gedanken abzuschütteln.

»Alles okay bei euch?« Ich wandte mich zu unserer Mom, welche am Türrahmen lehnte und uns beide misstrauisch musterte.

»Alles bestens«, erwidere ich, setzte ein quälendes Lächeln auf und schenke meiner Schwester schnell noch einen bösen Blick, ehe ich die Bombe platzen lasse. »Ich will wieder in die Schule.«

Niemand gibt mir eine Antwort. Auch mein Dad, der vor wenigen Sekunden zu uns kam, bleibt stumm.

Man kann die drückende Luft, die uns plötzlich umgibt förmlich spüren.

Bloß an den Gesichtern meiner Familienmitglieder kann ich sehen, dass niemand wirklich begeistert von dieser Idee ist. Mich würde es nicht wundern, wenn ich nie wieder dieses Grundstück verlassen darf.

»Bist du dir ganz sicher?« Verunsichert schaut Mom flüchtig zu Dad, der den kritischen Blick erwidert.

Mein Kopf nickt ganz automatisch. »Ihr könnt mich doch nicht ewig hier einsperren.«

»Du bist hier nicht eingesperrt Reece. Wir machen uns einfach Sorgen um dich«, erklärt Dad, während die anderen beiden murmelnd zustimmen.

»Aber du hast recht«, fängt Mom vorsichtig an. »Wir können dich nicht ewig beschützen.«

Ein leichtes Lächeln schleicht sich auf meinen Lippen, was nun weder gezwungen noch gequält ist. »Das heißt, dass ich heute zurück in die Schule kann?«

»Das bedeutet, dass du heute in die Schule kannst«, bestätigt Dad zögernd.

»Aber du fährst bei deiner Schwester mit und schreibst uns nach jeder Stunde«, fügt Mom eilig hinzu. "Und sie wird dich auch wieder abholen.«

Ohne ein weiteres Wort gehen alle in die Küche und lassen mich im Flur zurück.

Fassungslos schaue ich meiner Familie hinterher. Ich kann noch immer nicht fassen, dass sie zugestimmt haben. Irgendwie war ich tatsächlich bis vorhin auf ein Nein eingestellt, wie es auch sonst der Fall war, wenn ich fragte.

»Was ist, wenn er auf sie trifft?«, nehme ich die besorgte Stimme von Mom wahr.

»Das können wir einfach nicht vermeiden«, meint Dad.

Mackenzie murmelt erst undeutlich etwas, bevor ich sie verstehen kann. »Er wird sie eh nicht mehr erkennen.«

Wer ist *sie*?

Leise schleiche ich etwas näher zu der Tür, die gerade angelehnt wurde und mir so die Sicht versperrt.

»Ich mache mir auch keine Sorgen in der Hinsicht auf ihn, sondern auf Holly. Ich weiß nicht, ob sie es verkraften kann, wenn Reece sie nicht mehr kennt und auch nichts von ihr weiß. Sollten wir sie nicht vorwarnen?«

Holly? Wer ist *Holly*?

»Mom«, setzt Mackenzie an, »ich denke Holly ist bewusst, dass es bald passieren muss und sie wieder auf ihn treffen muss.«

Ehe sie weiter über mich und dieses Mädchen sprechen können, drücke ich die Holztür zur Küche auf, woraufhin sie sofort verstummen und mich jeder Einzelne ertappt anschaut.

»Was?«, will ich wissen und setze bewusst einen unwissenden Blick auf, was auch teilweise der Wahrheit entstammt.

»Nichts«, winkt meine ältere Schwester ab und nimmt schuldig einen Schluck aus ihrer großen weißen Kaffeetasse. Sie hat ein schlechtes Gewissen, weil sie mich anlügt.

Mittlerweile kenne ich sie so gut und lange, dass ich das einordnen kann. Wie sie hektisch aus dem Raum läuft und versucht mich nicht anzusehen, sind eindeutige Zeichen dafür.

Gespielt gleichgültig und ahnungslos zucke ich mit den Schultern, um mir nicht anmerken zu lassen, dass ich das komplette Gespräch vorhin mitbekommen habe.

Anschließend öffne ich den Schrank, der an der Wand neben den Kühlschrank hing, greife nach einer Schüssel und fülle sie mit Müsli, welches bereits vor mir auf der Theke steht und gebe Milch aus dem Kühlschrank hinzu. »Okay.«

Inzwischen sitzen wir im Auto meiner Schwester auf dem Parkplatz meiner Schule.

»Wenn du wieder nach Hause möchtest, kann ich dich noch

zurückfahren und anschließend zu meiner Schule fahren. Ich habe eh erst zur zweiten Stunde«, wiederholt Mackenzie sich nun zum zehnten Mal. »Ich...«

»Du brauchst mich nicht zurückfahren. Ich schaffe das schon. Schließlich sind Callum und Nathan auch noch da. Fahr lieber selbst zur Schule. Wolltest du nicht noch vorher was erledigen? Das kannst du ja am besten vor deiner ersten Stunde machen, oder?«

»Na gut«, brummt Mackenzie geschlagen. »Aber du...«

»Ich rufe an, wenn du mich abholen sollst«, beendete ich ihren Satz.

Sie rollt unauffällig ihre Augen. »Pass auf dich auf du Idiot.«

Ich schließe für einen Augenblick die Augen und atme tief durch.

Was soll schon schief gehen?

Mehr als mich blöd angucken und über mich reden, können die anderen Schüler doch nicht.

Aber das taten sich doch immer, nicht wahr? Eigentlich sollte es mir egal sein, was man über mich dachte.

Eigentlich.

»Ja«, sage ich deswegen nur leise und will bereits die Autotür öffnen und auf den Parkplatz treten, ehe ich dann doch noch einen Rückzieher machen kann. Ich möchte es einfach hinter mich bringen.

»Reece«, werde ich im allerletzten Moment aufgehalten. Ich blicke zu Mackenzie.

Sie schaut angespannt aus der Vorderscheibe ihres roten Autos. Ihre Hände sind fest ums Lenkrad umklammert und ihre Lippen sind zu einer dünnen Linie gepresst. »Versprich es mir.«

Irritiert halte ich inne. »Was versprechen?«

»Sei bitte vorsichtig und glaub nicht alles, was andere sagen.«

»Was sagen?«

Sie dreht ihren Kopf zu mir. »Kannst du es mir einfach versprechen und nicht jeden zweiten Satz hinterfragen?«

Ich nicke langsam, woraufhin sie den Griff ums Lenkrad etwas lockert.

»Versprochen.«

Kapitel 3
HOLLY || GEGENWART

»Hast du es schon gehört?«, flüstert jemand hinter mir.

Ich verdrehe die Augen und mein Kopf schaltet automatisch ab. Eins hatte ich in dem letzten Jahr an dieser Schule gelernt. Höre nicht auf Gerüchte. Das kann dein Untergang sein.

Manchmal sind sie wahr.

Selten sind sie wahr.

In neun von zehn Fällen sind sie falsch.

Viel zu gut kenne ich das Gefühl, wenn man den Lügen glaubte, die andere erfanden, um andere zu verletzten.

Manche setzten selbst Dinge über sich selbst in die Öffentlichkeit, nur um interessanter zu sein und in einem besseren Licht zu stehen, wobei meistens das Zweite davon nicht selten schief geht und das komplette Gegenteil bewirkt.

Blöd nur, wenn selbst deine eigenen Wörter verdreht werden. Dann weiß niemand mehr, ob es eine Lüge oder die Wahrheit ist.

Bis man es selbst nicht mehr auseinanderhalten kann.

»Holly? Holly«, eine Stimme unterbricht meine Gedanken. »Hast du mir zugehört?«

Nein.

»Ja.«

Mein Blick wandert zu meiner linken Seite. Malea hat sich auf den freien Platz neben mir niedergelassen und sieht mich nun mit einer gehobenen Augenbraue an. »Wo bist du nur immer mit deinen Gedanken?«

»Tut mir leid.« Entschuldigend schenke ich ihr ein leichtes Lächeln. »Was hast du gesagt?«

»Hast du in letzter Zeit mit den Eltern von Reece gesprochen?«

Ich spiele desinteressiert mit einer meiner Haarsträhnen. »Nein, nicht seit letzter Woche.«

»Also weißt du auch nicht, dass, ehm...« Sie stockt mitten im Satz und kaut nervös auf ihrer Unterlippe.

Was soll ich wissen?

»Malea sag schon«, dränge ich sie, damit sie mir die mir vorenthaltenen Infos gibt.

Sie wendet ihren Blick von mir ab und begutachtet ihre Nägel, wo bereits der Lack an vereinzelten Stellen abblättert, ehe sie mit der Sprache herausrückt. »Reece ist in der Schule«, nuschelt sie schließlich.

Erst dann werde ich hellhörig. »Du meinst Reece?«

Sie nickt vorsichtig. »Das ist jedenfalls der einzige Reece, den ich kenne.«

Ich lehne mich gegen die Stuhllehne und starre auf die leere Tafel vor mir.

Wieso jetzt?

Natürlich war mir bewusst, dass er irgendwann wieder zu Schule gehen muss und ich wusste auch, dass ich ihm früher oder später über den Weg laufen muss.

Aber ich dachte dieser Zeitpunkt ist noch Wochen entfernt.

»Holly?«, fragt Malea zaghaft. »Denkst du, er wird sich an dich erinnern?«

»Nein«, antworte ich ihr mit brüchiger Stimme. »Das hat er beim letzten Mal auch nicht.«

Das letzte Mal, als ich ihn gesehen habe, war im Krankenhaus. Doch er hatte keinen blassen Schimmer, wer ich war. Er hat mich gefragt, wer ich bin und ob ich mich mit dem Zimmer vertan habe.

Ich konnte es ihm einfach nicht erklären. Schließlich war ich wie eine Fremde für ihn. Da konnte ich ihm einfach nicht sagen, dass ich seine Freundin bin.

»Wollte seine Mom nicht, dass ihr zusammen mit ihm redet?«

»Ich konnte nicht«, hauchte ich ohne Malea eines Blickes zu würdigen. »Tut mir leid«, sage ich dann. »Ich muss hier weg.«

Ruckartig erhebe ich mich, schiebe den Stuhl ein Stück zurück und gehe mit zügigen Schritten aus dem Klassenraum.

Im Flur sehen mich bereits alle mit diesen wissenden und mitleidigen Blicken an. Ich hasse diese Blicke.

Wie muss es nur Reece mit all dem gehen?

Es macht mich noch völlig fertig, nicht zu wissen, wie es ihm geht und nicht bei ihm zu sein, ihm beizustehen und das ganze zusammen zu überstehen. Aber das ging nicht. Nicht jetzt.

Von selbst tragen meine Füße mich durch den Flur, durch die anderen Schüler und deren Blicke, bis ich auf der Toilette vor dem Spiegel stehe. Meine Hände habe ich auf dem Waschbecken vor mir abgestützt.

»Alles okay?«

»Warum fragen das denn immer alle?«, schnaube ich frustriert und werfe die Hände in die Luft.

»Ich weiß nicht.« Bree zuckt mit den Schultern und lehnt sich mit dem Rücken ans Waschbecken neben mir. »Vermutlich, weil man nicht weiß, was man sonst in so einer Situation sagen soll.«

»Vermutlich«, stimme ich ihr zu.

Wir schweigen kurz, ehe Bree das Wort ergreift. »Was willst du denn hören?«

»Keine Ahnung«, gebe ich zu. »Vielleicht, dass alles gut wird und ich mir keine Sorgen machen brauche.«

»Ich lüge dich doch nicht an. Du weißt so läuft das in dieser Freundschaft nicht. Tessa und Malea können dir vormachen, was sie wollen, aber das werde ich garantiert nicht.«

Tessa und Malea können Bree nicht ausstehen, was jedoch auf Gegenseitigkeit beruht. Bree ist manchmal etwas schwierig und wir mochten uns die ersten Monate auch nicht. Wahrscheinlich könnten wir verschiedener nicht sein.

Trotzdem war sie für mich in jeder Situation da und verschob alle ihre Pläne, wenn ich sie brauchte und anders herum genauso.

Darauf baut unsere Freundschaft vermutlich auf, denn wir können uns auf den anderen immer verlassen.

Gerade jetzt bin ich dankbar dafür, dass sie hier ist.

»Ich packe das nicht«, erkläre ich nach einigen Minuten.

»Darum bin ich hier«, erwidert sie. »Versuch die anderen einfach zu ignorieren. Die können nichts anderes als gaffen. Scheinbar haben die Idioten kein eigenes Leben, was nur annähernd interessant ist.«

Ich lache leise, ehe wir gemeinsam die Toilette verlassen.

Bree hat Recht, es wird nicht alles von jetzt auf gleich wieder perfekt und die anderen Leute und deren Blicke werden sich auch nicht in Luft auflösen.

Aber ich muss da durch und das Beste raus machen.

Was anderes blieb mir nicht übrig.

Kapitel 4
REECE || GEGENWART

Das Flüstern und die verstohlenen Blicke entgehen mir nicht.

Wenigstens starren sie nicht, als wäre ich eine der neusten Zirkusattraktionen.

Aber mit dem Flüstern und den Blicken habe ich bereits gerechnet.

Das kann man nicht umgehen.

Schließlich ist es mit meiner Familie nicht anders.

»Können die sich mal um ihr eigenes Leben kümmern?«, murrt Callum neben mir, während er Sachen aus seinem Spind holt. »Wie bleibst du nur so ruhig, Reece?«

Ich zucke mit den Schultern. »Bleibt mir denn etwas anderes übrig?«

Nathan runzelt die Stirn. »Du hättest zu Hause bleiben können«, erinnert er mich.

»Fang du nicht auch noch an«, seufze ich. »Meine Schwester war schon mit ihren Nerven fertig, als wir auf dem Parkplatz standen.«

»Ich mein ja nur«, will er sich verteidigen.

Anklagend zeige ich mit dem Finger auf ihn. »Lass das.«

»Sorry«, murmelt er und fixiert plötzlich etwas hinter mir. Als er denkt, dass ich es nicht merken würde, stößt Nathan Callum in die Seite und deutet auf etwas.

Unauffälliger geht es scheinbar nicht. Also drehe ich mich um, damit ich auch erfahre, was die beiden so nervös machte.

Ein paar Schritte weiter steht ein Mädchen, die mich mit großen Augen ansieht und es nicht für nötig hält ihren Blick abzuwenden, als ich sie ertappe.

War sie nicht auch bei mir im Krankenhaus?

Vielleicht kenne ich sie und wir waren befreundet.

Bree kommt zu ihr, legt ihr eine Hand auf den Rücken und redet auf das braunhaarige Mädchen ein.

»Kenne ich sie?«, spreche ich meinen Gedanken aus, ohne mich zu meinen Freunden zu drehen. »Sollte ich mal mir ihr reden?«

»Ich denke, dass das keine gute Idee ist«, eröffnet Callum mir.

Also kenne ich sie.

»Warum nicht?«, frage ich deswegen.

»Ich bin gleich wieder da«, sagt Callum, entgegnet aber nichts auf meine Frage und läuft zu Bree und dem Mädchen, woraufhin Letztere den Blick von mir abwendet.

Nathan räuspert sich. »Es ist kompliziert.«

Was er nicht sagt.

»Weißt du ihren Namen?«

Er zögert, ehe er mir antwortet. »Holly. Holly Benson.«

Haben meine Eltern und Mackenzie nicht heute Morgen noch über diese Holly gesprochen?

Im selben Moment schaffen Callum und Bree, dass Holly mit ihnen in die entgegengesetzte Richtung läuft.

Doch bevor sie in einen Klassenraum verschwinden, blickt sie noch einmal über ihre Schulter zu mir, ehe sie dann ganz aus meinem Blickfeld verschwindet.

Wer ist dieses Mädchen?

»Reece, schön Sie wieder an unserer Schule zu haben.« Neben mir kommt unser Direktor zum Stehen.

»Mr. Lewis«, begrüße ich ihn, kann aber nicht die Gedanken von dem Mädchen abwenden.

Ich muss unbedingt mit ihr reden. Sonst wird mir ja niemand von ihr erzählen und auf diese Weise werde ich es nie herausfinden.

»Ich würde gern ein paar Worte in meinem Büro mit Ihnen besprechen«, reißt der Direktor mich erneut aus meinen Überlegungen.

»Natürlich«, erwidere ich gelassen und folge ihm in sein Büro.

Der Direktor nimmt hinter dem Schreibtisch Platz und ich lasse mich langsam auf einen der beiden gegenüberliegenden Stühle sinken.

Sollte ich jetzt rausgeschmissen werden, bin ich erledigt. Gab es etwas, was ich getan habe und nicht mehr weiß? Vielleicht hatte ich die Lösungen für einen Test geklaut. Aber da gab es bestimmt ein guten Grund für. Ganz bestimmt. Kann ich denn dann noch bestraft werden, wenn ich nicht mehr davon weiß? Wahrscheinlich wollte jemand mir das einfach nur in die Schuhe schieben oder ich wurde erpresst, dass ich die Lösungen hole.

»Da wir uns mitten im ersten Halbjahr befinden und dir wahrscheinlich jetzt einiges an Stoff fehlt, sollte man vielleicht darüber nachdenken, ob du vielleicht den Jahrgang wechselst.«

»Ich soll das Jahr wiederholen?«, vergewissere ich mich.

Es hat doch gerade erst angefangen. Der Unfall passierte am Anfang der Sommerferien und mittlerweile war es Oktober, aber ich habe lediglich den Anfang verpasst und alles Gelernte aus der letzten Zeit hat sich tatsächlich in meinen Kopf festgesetzt. Auch wenn mir die Erinnerungen an anderen Dingen wichtiger wäre.

Er nickt. »Das wäre doch die beste Option und eine kluge Entscheidung.«

»Mr. Lewis«, beginne ich. »Da muss ich Ihnen leider widersprechen. Ich bin der Überzeugung, dass ein guter Schüler bin und es kein Problem für mich sein wird, wieder auf den aktuellen Stand des Unterrichts zu kommen.«

Der Direktor wirkt nicht überzeugt und lehnt sich im Stuhl zurück, ehe er mich stumm mustert.

»In den letzten Wochen habe ich mich bereits vorbereitet und meine Freunde haben mir ihre Hilfe angeboten, falls ich Probleme habe«, versichere ich ihm. »Wenn es dann zum Ende hin doch scheitert, kann ich dieses Jahr dann wiederholen«, füge ich eilig hinzu.

»Na gut«, sagt er zögernd. »Dann dürfen Sie jetzt gehen.«

Ich nicke und verlasse möglichst zügig das stickige Büro.

Konzentriert folge ich Nathans Beschreibung zu dem Klassenraum, in welchen ich mich jetzt eigentlich befinden soll.

Die Flure sind leer, bis auf ein Mädchen.

Ich bleibe stehen und lege den Kopf schief. Das war das Mädchen mit dem intensiven Blick von vorhin. Erschöpft sitzt sich auf dem Boden, angelehnt an dem roten Spind hinter ihr. Ihre Beine hat sie angewinkelt zu sich gezogen und ihren Kopf hat sie in den Nacken gelehnt.

Ich bin neugierig.

Ohne groß über meine folgenden Taten nachzudenken, setze

ich mich zu ihr.

Ihre Augen hat sie geschlossen und zu bemerken scheint sie mich auch nicht.

»Hey«, räuspere ich mich um ihre Aufmerksamkeit zu gewinnen.

Bei meiner Stimme, versteift sie sich und wirkt plötzlich angespannt.

Ihre Augen öffnen sich, ihr Kopf neigt sich wieder etwas vor und nun starrt sie zerknirscht die Wand vor uns an.

»Wie heißt du?«, versuche ich etwas über sie in Erfahrung zu bringen, wobei ich zu ihr gucke.

Sie meidet meinen Blick.

Als sie erneut nicht antwortet, ergreife ich wieder das Wort. »Ich bin Reece.«

»Ich weiß«, flüstert sie, beinahe so, dass ich es kaum verstehen kann.

Ich schlucke.

Ihre Stimme kommt mir so verdammt bekannt und vertraut vor. Ist das überhaupt möglich?

»Du kennst mich, oder? Also aus dem letzten Jahr«, stelle ich fest. »Waren wir befreundet?«

Das geheimnisvolle Mädchen lacht leise für einen kleinen Augenblick auf. »So ähnlich.«

»Wir können ja mal irgendwann reden«, schlage ich vor. Vielleicht kann ich auf diese Weise etwas über sie erfahren. »Du könntest mir etwas erzählen, woran ich mich nicht erinnern kann. Das würde mir wirklich viel bedeuten.«

»Ich denke, dass das keine äußerst gute Idee wäre.« Dann dreht sie ihren Kopf endlich zu mir und blickt mich an. »Holly. Ich bin Holly.«

Völlig überrascht, halte ich unbewusst meinen Atem an und brauche einige Sekunden, um ihn wieder zu finden.

Ihre braunen klaren Augen spiegeln unglaublich viele Emotionen wider.

Aber es ist nicht dieses typische Mitleid, was alle anderen für mich übrighaben.

Stattdessen war es sowas wie Trauer, dennoch strahlten ihre Augen durch diese Emotion hindurch und machten ihren Blick einzigartig und wunderschön.

Allerdings lag auch Bedauern ihn ihrem Blick. Nicht Bedauern mir gegenüber, sondern für etwas, was sie denkt, dass sie die Schuld dafür trägt.

Doch was es ist, weiß ich nicht.

Ihr Blick ist trotz dem Schlechten auch voller Mitgefühl.

Und da keimt plötzlich zum ersten Mal Mitleid in mir auf. Für sie.

Nein, nicht nur für sie, sondern auch für mich, da es so vieles gibt, woran ich mich erinnern möchte, aber es nicht kann.

Vielleicht kann sie mir helfen.

Denn ich, ich kann es nicht.

Kapitel 5
REECE || GEGENWART

Meine Mom lässt sich auf den freien Stuhl neben mir nieder, was mich von meinem Schulbuch aufschauen lässt. »Dein Vater und ich haben geredet.«

Ich lehne mich gegen die Lehne und verschränke die Arme vor der Brust. Das hört sich nicht gerade positiv für mich an, so wie Mom es sagt.

»Erinnerst du dich noch an die Selbsthilfegruppe, in der du für drei Sitzungen warst?«, fragt sie langsam. »Wir finden beide, dass du wieder hingehen solltest. Vor allem jetzt, wenn du wieder zur Schule gehst.«

Ich seufze. »Mir geht es gut, Mom«, beteuere ich. »Und dafür brauche ich keine Gruppe, in der ich über meine Probleme rede.«

Ich war nur drei ganze Male in dieser Gruppe und bereue es nicht, noch weitere Stunden meiner Zeit dort verbracht zu haben.

»Aber genau das ist doch der Punkt. Du sollst doch über deine Probleme reden und das ist wichtig, da du es ja mit uns nicht machst. Die Gruppe ist sogar speziell auf Amnesie spezialisiert, sodass du mit Leuten reden kannst, die sich damit auskennen oder die gleichen Erfahrungen machen wie du jetzt.«

»Ich will aber nicht mit irgendwelchen fremden Leuten über mich reden«, erwidere ich und klappe mein Buch zusammen.

Kann man es mir verübeln, dass ich dort nicht hingehen will, weil es für mich einfach keinen Sinn ergibt, mich an diesem Treffen zu beteiligen? Es wird mir weder helfen, die Tatsache zu verarbeiten, noch wird es meine Erinnerungen wie durch ein Wunder zurückbringen.

»Sie wären nicht fremd, wenn du öfters dahin gehen würdest«, widerspricht Mom.

Doch das wären sie. Schließlich würde ich sie nur eine Stunde in der Woche sehen und mir wahrscheinlich nicht einmal die Namen merken. Sie würden mich nicht kennen und ich sie nicht. Vielleicht nur oberflächlich.

»Weder will, noch muss ich dahin«, stelle ich klar, bevor ich mir meine Sachen packe und aufstehe.

»Reece ich werde das garantiert nicht mit dir diskutieren«, hält sie mich beim Gehen auf. »Solange du mein Sohn bist, hier bei uns wohnst und nicht volljährig bist, gehst du zu den Treffen. Dein Vater fährt dich nachher hin.« Ohne mich antworten zu lassen, erhebt sie sich, verlässt das Esszimmer und lässt mich fassungslos zurück.

Meinte sie das ernst? Das ist doch nicht ihre Entscheidung. Es ist doch mein Leben und nicht das meiner Eltern.

Frustriert lasse ich mich wieder auf den Stuhl sinken.

Das ist doch alles lächerlich. Dort vergeude ich nur Zeit. Es wird mir ganz sicher nicht helfen. Das wird nicht funktionieren. Egal wie lange ich mitmachen und reden werde.

Warum ich? Warum jetzt? Warum musste es ausgerechnet mich erwischen?

»Möchtest du dich vorstellen, Reece?« Die Frau blickt mich auffordernd an. Sie ist wahrscheinlich in dem Alter meiner Eltern.

Ich schüttele den Kopf. »Kein Bedarf.« Mein Blick wandert durch die kleine Runde. Mit der mir unsympathischen Frau und mir sind wir insgesamt nur neun Personen. Ich kenne niemanden davon. Wahrscheinlich waren sie schon hier, als ich das letzte Mal hier war. Aber das ist ja nun schon eine ganze Weile her.

»Denkst du nicht, dass wir uns besser kennenlernen sollten?«, fragt sie. »Ich bin übrigens Lydia.«

»Ich denke, dass ich eher der stumme Beobachter in dieser Runde bin«, teile ich ihr freundlich mit.

Neben mir lacht jemand auf. Der blonde Junge schüttelt amüsiert seinen Kopf und die Frau kneift ihre Augen zusammen. Sie mag mich auch nicht. Gut, dann wäre das auch geklärt.

»Dann nicht«, erwidert Lydia patzig, ehe sie sich von mir abwendet und wieder fröhlich in die Gruppe schaut. »Wie geht es euch?«

Meine Gedanken schweifen ganz automatisch ab und die Stimmen der anderen können mich kaum noch erreichen, sondern prallen einfach an mir ab.

Ich könnte jetzt genauso gut Zuhause sitzen, das würde zum gleichen Ergebnis führen. Vielleicht hilft das hier manchen Leuten, aber mir nicht.

»Ich bin Jamie. Also eher James, aber ich hasse meinen vollen

Namen, der klingt so spießig.«

Ich ignoriere die Stimme und rolle mit den Augen. Müssten sich hier nicht alle inzwischen kennen? So groß ist die Gruppe nun auch wieder nicht. Warum stellen sie sich dann vor? Nur weil ich hier bin, heißt es nicht automatisch das es mich interessiert. Ich höre eh kaum zu.

»Ey, du da.« Ich werde von der Seite mit einem Ellenbogen angestupst. »Ich rede mit dir.«

Ich drehe den Kopf zu den blonden Jungen, der vielleicht in meinem Alter ist. Plus oder minus ein Jahr. Ich konnte noch nie das Alter von jemanden schätzen.

Genervt hebe ich die Augenbrauen. »Ist was?«

»Mir ist langweilig«, teilt er mir schulterzuckend mit.

»Und warum ist das mein Problem?«, frage ich und strecke die Beine aus.

Wieder zuckt er mit den Schultern.

Ich seufze. Jetzt kommuniziere ich doch noch mit irgendwelchen Menschen. Da ich keinen großen Drang habe, mich zu unterhalten, wende ich mich wieder von diesen Jamie ab.

»Mir ist trotzdem langweilig.«

Ist das sein Ernst? »Was tust du dann hier?«, lasse ich mich schließlich doch auf das Gespräch ein. Er würde scheinbar nicht so leicht lockerlassen.

»Manchmal ist es sinnvoll.«

»Das sehe ich anders«, widerspreche ich ihm. »Dir ist doch schließlich auch langweilig.«

»Ich sagte, dass es manchmal sinnvoll ist, nicht immer.« Er lehnt sich ein Stückchen zu mir und geht sicher, dass uns niemand zuhört, ehe er seine Stimme senkt und sagt: »Außerdem mag ich Lydia nicht.«

Dann bin ich also nicht alleine in diesem Punkt. Schön, dass noch jemand so denkt. »Ich auch nicht.«

»Und?« Neugierig sieht Jamie mich an.

Fragend blicke ich zurück. »Was?«

»Erzähl schon. Was ist dein Problem«, grinst er. »Schließlich ist das hier eine Selbsthilfegruppe und wir sollen über unsere Probleme reden.«

Ich verziehe das Gesicht. »Kann man sich doch denken. Trotzdem denke ich nicht, dass es mir helfen wird.«

»Ich finde, dass es hilft. Manchmal muss man einfach manche Sachen loswerden und dann ist es besser es laut auszusprechen.«

»Dann sage ich es meinen Freunden und nicht irgendwelchen Fremden«, entgegne ich leise. Die anderen aus der Gruppe unterhalten sich weiter und scheinen sich an uns nicht zu stören, außer Lydia, die uns böse anstarrt. Soll sie doch meinen.

»Hast du deinen Freunden schon erzählt, wie es dir wirklich geht?«, kommt prompt die Gegenfrage.

Er hat recht. Ich runzle die Stirn. Tatsächlich hatte niemand das Wissen, wie es mir geht. Ich hatte es bisher niemanden erzählt. Klar würden sie mir zuhören, aber es nicht nachvollziehen können.

»Es ist so«, fährt er fort. »In diesem Raum urteilt niemand über dich. Außer Lydia. Da bin ich mir sicher.«

»Sie wollen einfach nur ihre Probleme loswerden«, stelle ich fest.

»Stimmt«, nickt er. »Irgendwie sind wir ja auch alle aus dem gleichen Grund hier.«

Alle aus dem gleichen Grund, aber alle haben eine andere Geschichte.

Doch das Ergebnis ist das Gleiche.

Was wäre, wenn dieser Unfall nie passiert wäre? Wie würde mein Leben heute aussehen? Wahrscheinlich normal, jedenfalls normaler als jetzt. Auch wenn man sagt, dass normal doch langweilig ist, sehne ich mich genau danach.

Dann gäbe es nichts Besonderes oder Tragisches an mir, worüber alle reden können. Ich wäre einfach einer von vielen in dieser Stadt. Jemand normales.

Nicht der, der seine Erinnerungen verloren hat.

Nicht der, mit dem alle Mitleid haben.

Manchmal wünsche ich mir, dass ich jemanden bei mir hätte, der einfach nur da ist. Mich auf andere Gedanken bringt, mich versteht, obwohl diese Person nicht in diesem Auto saß und mir hilft mich zu erinnern.

Aber das war aussichtslos.

Alles wegen eines Unfalls.

Und ich war nicht einmal schuld daran.

Kapitel 6
HOLLY || VERGANGENHEIT

»Wohin fahren wir?«

Neugierig musterte ich Reece. Zum Takt der Musik, die leise aus dem Radio durch das Auto hallte, tippte er mit den Fingern auf dem Lenkrad vor sich herum.

Doch eine Antwort bekam ich nicht. Stattdessen summte er das Lied mit und warf mir einen kurzen Seitenblick zu, ehe er seine beinahe grünen Augen wieder auf die Straße richtete.

»Reece«, quengelte ich, als er weiterhin meine Frage ignorierte.

Ein Lächeln schlich sich auf seinen Lippen. »Lass dich doch überraschen.«

Frustriert pustete ich eine Haarsträhne aus meinem Gesicht, die dort ihren Platz für einige Sekunden gefunden hatte. »Und wenn ich das nicht will?«

Er grinste. »Ich zwinge dich zu nichts. Dort ist die Tür.« Er deutete auf die Beifahrertür gleich neben mir. »Du kannst das Auto immer verlassen.«

Ich hob schmunzelt eine Augenbraue. »Während es fährt?«

»Während es fährt«, bestätigte er nickend. »Aber erwarte nicht, dass ich anhalte und dich aus dem Gebüsch hole.«

Ich verdrehte meine Augen. »Was für ein Gentleman«, erwiderte ich schließlich, wobei meine Stimme nur so von Sarkasmus triefte.

Ein Lachen von dem Mensch neben mir erklang. »Okay, vielleicht halte ich an. Nicht, dass du das noch überlebt hast und mich verpetzt.«

»Ach, so ist das?«

Reece warf mir einen unschuldigen Blick zu. »Vielleicht solltest du doch nicht aus dem Auto springen.«

Ja, vielleicht sollte ich das besser nicht. Das war eine verdammt schlaue Erkenntnis, mein lieber Reece.

»Dann kannst du mir doch jetzt verraten, wo wir hinfahren«, versuchte ich es erneut. »Ich muss schließlich Tessa und Malea schreiben, wo ich bin. Du könntest ein Serienmörder sein und wir wissen das alle nicht.«

»Und was, wenn entweder Tessa oder Malea eigentlich ein Serienmörder ist«, neckte er mich.

Er hatte Recht. Die beiden kannte ich zu diesem Zeitpunkt auch noch nicht sehr lange. Aber ich kannte sie, dachte ich jedenfalls.

»Das war keine Antwort auf meine Frage.«

Er lachte. »Keine Sorge. Diese Woche habe ich noch niemanden umgebracht.«

»Das beruhigt mich aber nicht besonders«, stellte ich klar. »Schließlich weiß ich noch immer nicht, wohin wir fahren.«

»Das werde ich dir nicht sagen«, versicherte er mir erneut.

Leicht beleidigt verschränkte ich die Arme vor der Brust, lehnte mich in den Sitz zurück und funkelte Reece böse an. Warum verriet er es mir nicht einfach? Das wäre das Beste für alle Beteiligten gewesen, obwohl er es anscheinend genoss, mich zu ärgern.

Schmunzelnd beobachtete Reece mich. »Jetzt sei doch nicht gleich beleidigt.«

Ich kniff nur die Augen zusammen.

»Außerdem«, fügte er langsam hinzu. »Sind wir genau jetzt da.« Er fuhr uns mit dem Auto auf einen kleinen Parkplatz.

Hier war ich das letzte Mal als kleines Kind. »Minigolf?«

Er nickt und schnallte sich ab, als wir in einer Parklücke standen und stieg aus dem Auto heraus, was ich ihm gleichtat.

»Ich bin wirklich eine Niete im Minigolf«, beichtete ich ihm, während wir zum Eingang schlenderten.

»Umso besser für mich«, erklärte er mir, woraufhin ich ihm spielerisch gegen den Oberarm boxte.

»Du könntest mich ja gewinnen lassen«, schlug ich vor. »Sonst-«, wollte ich ansetzen.

Reece unterbrach mich. »Soll das jetzt zu einer Erpressung werden?«

Ich zuckte nur wissend mit den Schultern. »Wer weiß das schon.«

Nachdem Reece für uns bezahlt hatte, wobei er ganz nebenbei mein Geld nicht annehmen wollte, standen wir nun vor der ersten Bahn und selbst die sah schon viel zu kompliziert aus.

Außer uns war um diese Uhrzeit niemand mehr hier.

Lichterketten, die über den ganzen Platz von Baum zu Baum gespannt waren, spendeten uns Licht in der Dämmerung.

»Wie soll man das denn schaffen?«, fragte ich verzweifelt und musterte kritisch den kleinen Ball in meiner Hand.

Neben mir erklang ein raues Lachen. »Du musst nur geradeaus spielen. Man sieht das Ende von hier aus sogar. Ich glaube, das schaffst du schon.«

»Schön, dass du so an mich glaubst«, seufzte ich, ehe ich den Ball auf die markierte Stelle legte.

»Vielleicht solltest du mehr an dich glauben, Holly«, erwiderte er und aus dem Augenwinkel nahm ich war, dass er neugierig jede meiner Bewegungen verfolgte, ehe ich mittels dem Schläger auf den Ball zielte und dieser aus der Bahn flog.

Schwungvoll drehte ich mich zu Reece um. »Siehst du.«

»Okay«, gab er zu. »Vielleicht hast du doch Recht.«

»Danke!« Es war doch immer wieder schön, Recht zu haben. Auch wenn es sich nur um meine mangelnde Begabungen handelte.

»Warte«, meinte Reece nach einer Weile und legte jetzt seinen Ball auf die vorgegebene Stelle, wo meiner zuvor ebenfalls lag. »Ich zeige dir, wie es richtig geht.«

Ich trat einen kleinen Schritt zurück. »Viel Erfolg.«

»Du musst dafür auch schon spielen«, meinte er, wobei er mich zu sich heranwinkte und mir den Schläger entgegenhielt. »Wie sollst du es sonst lernen?«

Sobald er merkt, dass ich keinen Anstand machte, mich zu ihm zu bewegen, schüttelte er amüsiert den Kopf. »Keine Sorge, ich helfe dir ja trotzdem«

Unschlüssig nahm ich den Schläger, welchen Reece noch immer in der Hand hielt und stellte mich auf die Bahn. Ich glaubte, dass es nicht sonderlich gut war, wenn ich beide Bälle verlor.

Jedoch stellte Reece sich vorsichtig hinter mich und legte beinahe zögerlich seine Arme um mich, sodass er ebenfalls den Schläger halten konnte.

Wir standen so eng beieinander, dass nur ein Blatt zwischen uns passen würde. Seine Hände weilten auf meinen Händen, die den Schläger umklammerten.

Mein Herz hämmerte gegen meine Brust und ich könnte meinen, seinen Herzschlag an meinem Rücken zu spüren, als sein

Atem an meinen Nacken prallte.

»Du darfst nicht so fest gegen den Ball schlagen«, erklärte er mir leise, ehe er den Schläger etwas anhob und schließlich sachte gegen den Ball schlug, welcher sofort nach vorne rollte und keine Minute später sein Ziel problemlos erreichte.

Glücklich ließ ich prompt den Schläger fallen und drehte mich zu Reece um, wobei ich nicht ganz bedacht hatte, wie nah wir uns zuvor standen.

Langsam blickte ich nach oben, um ihn ansehen zu können. Sein Blick traf meinen und keiner von uns wendete diesen ab. Ich wusste nicht, wie man atmet, so nahe waren unsere Gesichter sich nun.

»Ich habe es dir doch gesagt«, hauchte Reece.

Ja, vielleicht hatte ich dieses Mal doch nicht ganz Recht.

Kapitel 7
HOLLY | | GEGENWART

Tief hole ich einmal Luft, während mein Finger vor der Klingel zu schweben scheint.

Ich kann nicht sagen, wann ich das letzte Mal hier war. Vermutlich war es der Tag vor dem Unfall. Kein einziges Mal danach. Ich habe sogar Mackenzie gebeten mir meine Sachen aus seinem Zimmer zu holen und all unsere Bilder abzuhängen.

Vielleicht war ich selbstsüchtig, aber ich hatte Angst, wie er reagieren würde, wenn er die Bilder mit dem fremden Mädchen aus dem Krankenhaus sehen würde. Ich konnte es einfach nicht ertragen, wenn er mich immer und immer wieder nicht erkennen würde.

Und ich habe noch immer Angst. Doch jetzt kann ich dieser Situation nicht mehr entfliehen. Das konnte ich nic und ich werde es auch nicht mehr tun. Ich brauche nur Zeit. Zeit alles zu verarbeiten, Zeit meine Gefühle zu ordnen und Zeit mich zu überwinden.

Aber mit jeder Sekunde vermisse ich ihn mehr. Ich vermisse ihn so, dass sich jede Faser in meinem Körper nach ihm sehnt.

Und ich kann nicht mehr sagen, wie lange ich das noch aushalten kann. Es tut weh, so verdammt weh, nicht bei ihm sein zu können, nicht sein Lachen und seine Stimme ununterbrochen zu hören und nicht für ihn da sein zu können.

Ich liebte ihn und ich liebe ihn noch immer. Auch wenn er sich nicht erinnern kann. Das kann ich nicht einfach von jetzt auf gleich abstellen und das will ich auch nicht.

Ich kann und darf ihn nicht für ewig verlieren. Das würde mich zerstören. Das würde mein Herz nicht mitmachen. Nicht noch einmal.

Er ist der, der mich in den Arm nimmt, wenn es mir schlecht geht, der, der mich besser kennt als ich selbst, der, der mich bedingungslos liebt.

Nur geht das gerade alles nicht.

Niemand ist wirklich perfekt für alle Menschen auf dieser Welt, auch Reece ist es nicht. Aber er ist perfekt für mich.

Mit jeder Macke, die er hat, mit jedem Fehler, den er macht, bin ich immer mehr davon überzeugt, dass es so ist.

Vermutlich sollte ich auf die Klingel drücken. Genau das tu ich auch keine drei Sekunden später. Nervös trete ich von einem Fuß auf den anderen.

Reece Schwester hat mir geschrieben, dass er nicht da ist und sie gerne mit mir sprechen würde.

»Holly.« Die Tür würde aufgerissen und Mackenzie steht mir gegenüber. »Komm doch rein.« Damit verschwindet sie wieder ins Haus und ich beobachte sie, wie sie durch die Tür im Flur geht, durch welche zu dem Esszimmer und Wohnzimmer gelangt.

Unschlüssig bleibe ich vor der Tür stehen. Es kann doch nichts Schlimmes passieren. Also wovor habe ich Angst?

Zögernd setzte ich den ersten Fuß über die Türschwelle ins Haus hinein. Sobald ich mit beiden Füßen in dem Flur stehe und die Tür hinter mir schließe, bleibe ich kurz einen Moment stehen, ehe ich zu Mackenzie aufschließe.

Seufzend ziehe ich mir ein Stuhl vom Tisch zu mir und lasse mich auf ihn fallen. »Musst du nicht heute in der Uni sein?«, will ich von Reece ältere Schwester wissen, die sich auf einen Stuhl mir gegenüber niedergelassen hat.

»Ich mache gerade eine Pause. Im Moment ist es einfach am besten«, erklärt sie mir. »Auch, wenn Reece da nicht ganz meiner Meinung ist«, fügt sie leise hinzu.

»Das kann ich mir vorstellen«, murmle ich. Reece fand es noch nie gut, wenn seine Schwester wegen ihm alles stehen und liegen ließ.

»Es ist schön, dich hier wieder hier zu haben, Holly«, meint sie nach einer Weile, in der keiner von uns etwas sagt. »Es ist so anders ihn ständig ohne dich zu sehen«, redet sie weiter. »Und so leise«, schiebt sie leicht grinsend dazu. »Man hat euch immer durchs ganze Haus lachen oder diskutieren hören.«

Reece und ich haben oft diskutiert, aber wirklich ernst war es fast nie. Es waren immer Kleinigkeiten oder Sinnloses.

Dennoch konnte ich ihm nie lange böse sein. Er wusste, welche Knöpfe er bei mir drücken musste und das funktionierte jedes einzelne Mal aufs Neue. Das war eins dieser Dinge, die mich an ihm faszinierten.

»Wie geht es ihm?«, frage ich, weiß aber nicht, ob ich die

Antwort unbedingt hören möchte.

Sie erhebt sich und läuft zu dem kleinen Sessel, wo Reece und ich immer gemeinsam eingequetscht nebeneinander oder halb aufeinander TV geguckt haben, wenn wir einen unserer Film-Abende gemacht haben. »Wie soll es ihm schon gehen? Den Umständen entsprechend, denke ich.«

Ich nicke nur und bemerke, dass sie ein bekanntes Oberteil von der Sessellehne nimmt und es mir schließlich in die Hand gibt. »Den Pullover hat Mom neulich noch in Reeces Kleiderschrank gefunden beim Wäsche einräumen«, erzählt Mackenzie mir. »In manchen Sachen behandelt sie ihn wie ein kleines Kind. Ich glaube, sie macht sich zu viele Sorgen um ihn. Wahrscheinlich tun wir das alle.«

Vorsichtig nehme ich den grauen Kapuzenpulli entgegen, woraufhin mir sofort ein Schwall seines Duftes entgegenkommt und mich kurz zum stillhalten zwingt, ehe ich mich wieder sammeln kann. »Ich bin ihm gestern in der Schule begegnet.«

Neugierig mustert sie mich. »Und?«

»Ich hatte fast eine Panikattacke«, gebe ich zu. »Eigentlich steht es mir ja überhaupt nicht zu, mich so anzustellen. Reece hat es viel schwerer als ich.«

Mackenzie, die mittlerweile wieder auf dem Stuhl sitzt, beugt sich etwas zu mir vor. »Sag sowas nicht, Holly. Du hast jedes Recht der Welt dich so zu fühlen. Es ist nicht leicht, für beide von euch nicht, aber ihr wärt nicht ihr, wenn euch das aufhalten würde.«

»Er kennt mich nicht.« Ich merke erst nicht, wie meine Stimme brüchig wird und sich in ein leises Schluchzen verändert. »Es tut so weh, dass er mich ansieht, aber nicht weiß, wer ich bin.«

»Du darfst euch nicht aufgeben. Er braucht Zeit und wenn er nicht darum kämpfen kann, muss du es eben für euch beide tun und ich bin mir sicher, dass du das kannst.«

Das will ich auch nicht. Ich will uns nicht aufgeben. Für nichts auf dieser Welt.

Aber es tut so weh ihn anzusehen und zu wissen, dass er sich an mich, an uns nicht mehr erinnern kann.

Kapitel 8
REECE || GEGENWART

Die Selbsthilfegruppe hat nicht geholfen. Ich fühle mich nicht verändert und mein Gedächtnis ist noch immer auf dem gleichen Stand.

Frustriert über meine verschwendete Zeit laufe ich zu unserem Haus. Mom hat mich mit dem Auto eine Straße vorher abgesetzt, weil sie noch Erledigungen machen muss.

Doch kurz bevor ich am Haus ankomme, wird die Tür geöffnet und ich gehe vorsichtshalber ein paar Schritte zurück.

Meine Schwester und ein Mädchen kommen zum Vorschein. Das Mädchen aus der Schule. Ich meine mich zu erinnern, dass Nathan sagte, ihr Name sei Holly. Was tut sie hier?

Die beiden umarmen sich, ehe Holly die Treppen hinunterläuft und zu einem Auto an der Straße geht und in dieses einsteigt.

Wer ist dieses Mädchen, was immer und immer wieder in meinem Blickfeld auftaucht?

Sie kennt mich, dieser Tatsache bin ich mir bewusst und ich weiß, dass ich sie kenne. Das kann ich spüren, wenn ich sie sehe und sie mich anblickt.

Erst als sie wegfährt, wage ich mich zu meinem Haus. Ich muss herausfinden, wer sie ist. Ich kann nicht länger im Unwissen über sie sein. Es fühlt sich einfach nicht richtig an.

Mit schnellen Schritten laufe ich ins Haus, an meiner Schwester vorbei, die Treppen hoch und in mein Zimmer, wo ich die Tür hinter mir zuschlage.

Ich reiße jede meiner Schreibtisch Schubladen auf, durchwühle sie und hebe alle möglichen Dinge auf meinem Schreibtisch an, um irgendetwas zu finden, was mir weiterhelfen kann. Als ich dort nichts finde, öffne ich die Tür meines Kleiderschrankes und schmeiße womöglich alles durcheinander. Wieder nichts. Wütend schmeiße ich die Tür laut zu.

»Reece!« Hysterisch kommt Mackenzie ins Zimmer gestürmt und blickt sich im Zimmer um.. »Was ist los mit dir? Was soll die Scheiße?« Ich schenke ihren Worten kaum Beachtung und ziehe schon die kleinen Kisten unter dem Bett hervor.

Es muss doch etwas geben.

Ich will mich erinnern. Ich muss mich erinnern. Ich muss es einfach.

Mir erzählt sonst ja keiner etwas, weil alle Angst haben, mir zu schaden oder mich zu verwirren. Aber das bin ich doch schon längst. Kann nicht mal eine Person ehrlich zu mir sein und mir alles erzählen?

Enttäuscht lasse ich mich auf den Boden fallen und lehne mich gegen das Bett. Mackenzie steht noch immer im Türrahmen.

»Was ist?«, frage ich eine Spur zu laut, was sie kurz zusammenzucken lässt.

»Was wird das hier?«

Ich zucke mit den Schultern. »Erklärungen. Ich suche einfach nur Erklärungen.«

Es gibt nur ein paar Dinge, was ich bisher noch nicht getan habe. Klar, ich will wissen, was alles passiert ist, aber irgendetwas hielt mich immer davon zurück. Irgendwie fürchtete ich mich auch.

Mein altes Handy. Es hat ein paar Kratzer, aber es müsste noch funktionieren.

Hoffnungsvoll krame ich das Handy aus meinem Nachtisch heraus und schalte es an. Ich hatte es erst aufgeladen, falls ich in so eine Situation kommen würde.

Mein Finger geht über das Display und drückt auf die Galerie. Für eine Sekunde steht mein Herz still, als nichts zum Vorschein kommt.

Doch dann sind sie einfach da. Sie sind da.

Haufenweise Bilder von diesem wunderschönen Mädchen mit den braunen Haaren.

Immer wieder taucht ihr Gesicht auf. Sie strahlt in die Kamera oder schaut einfach nur woanders hin. Überall ist sie.

Und dann ist da ganz urplötzlich ein Bild von uns beiden.

Kapitel 9
HOLLY || GEGENWART

Abrupt wird die Badezimmertür aufgerissen, sodass mir vor Schreck mein geliebtes Buch ins Wasser fällt. Vorwurfsvoll blicke ich sie an, ehe ich das Buch, was bereits durchnässt und voller Schaum ist, aus der Badewanne fische und es kritisch begutachte. Langsam rutscht der Schaum hinunter und fällt wieder in die Badewanne, die beinahe nur mit Schaum gefüllt ist. »Ich hatte es fast durch.«

»Deswegen lese ich das Ende immer zuerst.«

»Das ist eine Schande«, schüttle ich den Kopf und lasse das nasse Buch neben der Wanne auf den Boden fallen. »Und was ist jetzt so wichtig, dass mein Buch sich dafür opfern musste?«

Bree überlegt kurz. »Warum hast du überhaupt ein Buch mit, wenn du baden gehst?«

»Warum platzt du einfach rein, wenn ich baden bin?«, erwidere ich und hebe eine Augenbraue.

»Du bist nicht ans Handy gegangen«, erklärt sie mir und sieht bedrückt auf ihre Fußspitzen.

Alarmiert kneife ich die Augen etwas zusammen. »Was ist passiert?« Würde alles normal sein, würde sie nicht diesen Ausdruck in ihrem Gesicht haben, der bedeutet, dass sie keine guten Nachrichten hat.

»Reece hat mich angerufen.«

Reece. Reece hat Bree angerufen. Das ist normalerweise nichts Untypisches, da sie sich schon deutlich länger kennen, als ich beide zusammen. Früher dachte ich, dass Bree ständig bei ihm ist, weil sie etwas von ihm will, aber die beiden kennen sich bereits seit dem Kindergarten und sind einfach nur sehr gute Freunde.

Aber warum verschwindet ihr besorgter Blick nicht?

»Was ist passiert?«, wiederhole ich erneut meine Frage.

Wieder zögert sie. »Er hat nach dir gefragt.«

Mein Blut gefriert in Millisekunden. Er hat nach mir gefragt. Er kennt mich nicht. Jedenfalls glaubt er das. Also warum fragt er nach mir? Ich habe angenommen, dass er nach unserer Unterhaltung gestern das Thema auf sich beruhen lassen würde.

Ich brauche doch nur noch etwas Zeit. Ich weiß nicht, ob ich jetzt schon dazu bereit bin, ihm alles zu erzählen. Steht mir das überhaupt zu?

Aber ich kann ihn auch nicht anlügen und behaupten, dass wir nur befreundet waren. Das würde mein Herz nicht überstehen. So viele Gedanken und Erinnerungen rasen durch meinen Kopf, die Bree mit einem Mal stoppt. »Er hat Bilder gefunden. Er hat euren Chatverlauf gelesen«, berichtet die mir. »Er will Erklärungen.«

Ich brauche ein paar Sekunden, um meine Gedanken wieder zu ordnen. »Wie viel hat er gelesen?«

»Nur von dem Tag. Er hat scheinbar kurz vorher alle Nachrichten von allen gelöscht. Er konnte nicht viel lesen.«

Ich habe versucht mich aus seinem Leben zu löschen, aber konnte mich nicht dazu überwinden mich komplett auszuradieren. Wahrscheinlich wollte schon damals ein Teil von mir, dass er Bilder findet. Nur jetzt, wo genau das passiert ist, was etwas von mir erzielen wollte, weiß ich nicht, was ich tun soll. Es kommt mir vor, als würde plötzlich alles einstürzen und meine Pläne mit sich ins Ungewisse reißen.

Ich bin dafür noch nicht bereit. Ich kann das einfach nicht. Ich denke, dass ich das vermutlich nie sein werde.

»Du musst mit ihm reden.«

»Ich kann nicht«, bringe ich hervor. So war das alles nicht geplant. Das geht zu schnell. So sollte er es nicht herausfinden.

»Er wird nicht aufhören Fragen zu stellen, Holly.«

Es gibt den richtigen Zeitpunkt einfach nicht. Doch das ist das Problem. Es wird nie da sein und es wird nie einfacher werden. Das wurde mir in dem Moment bewusst, als ich ihm gegenüberstand und er mich nicht erkannte. In diesem Moment war ich für Reece einfach nur ein Mädchen. In diesem Moment war ich für ihn nicht mehr seine Freundin, sondern einfach nur eine Fremde in seinem Zimmer.

Kapitel 10
HOLLY || VERGANGENHEIT

»Holly? Hallo? Erde an Holly.« Eine Hand erschien in meinem Blickfeld.

»Was?« Irritiert blickte ich zu meinen Freundinnen. Tessa und Malea wechselten einen vielsagenden Blick.

»Was lief Freitag zwischen dir und Morrison?« Neugierig beugte sich Malea etwas über den Tisch zu mir.

Nicht weniger irritiert, als Minuten zuvor, schlug ich den Ordner zu. »Zwischen Reece und mir? Wir haben Minigolf gespielt.«

»Ich habe da etwas anderes gehört«, murmelte sie. »Du kannst uns ruhig die Wahrheit sagen.«

»Wie bitte?« Worauf wollten die hinaus? Warum sollte ich sie anlügen? Was hätte mir das auch schon gebracht?

»Reece soll Wetten abgeschlossen haben«, erzählte Tessa. »Angeblich hat er auch gewonnen.«

Skeptisch runzelte ich die Stirn. »Wetten? Mehrzahl?«

»Mehrere Wetten halt«, meinte Malea, als wäre dies das normalste der Welt. »Mit unterschiedlichen Leuten. Er war sich anscheinend sehr sicher.«

Konnte mir auch jemand verraten, um was genau Reece gewettet haben soll?

»Wetten über dich, Holly«, erwähnte Tessa beiläufig und kaute weiter auf ihrem Bleistift herum. »Was genau es war, wollten wir ja von dir erfahren.«

Mir wich alle Farbe aus dem Gesicht.

Er hatte Wetten über mich abgeschlossen? Und was interessierte das überhaupt Tessa und Malea?

»Ihr interessiert euch also nur dafür, dass jemand Wetten abgeschlossen hat und nun wollt ihr wissen, ob da etwas Wahres dran ist?« Sauer packte ich meine Sachen zusammen in meine Tasche. »Schön, dass ihr Gerüchten eher glaubt als mir.«

Tessa seufzte. »So meinten wir das doch nicht.«

»Wirklich nicht?«, schnaubte ich, während ich mir meine Tasche schnappte und mich auf den Weg zum Ausgang der kleinen

Bibliothek unserer Schule machte. »Meldet euch doch mal, wenn ich euch wichtiger bin, als der neuste Klatsch und Tratsch, okay?«

»Holly«, rief mir eine meiner beiden angeblichen Freundinnen hinterher, doch ich beachtete diese bereits nicht mehr.

Wenn Gerüchte und Lügen über eine Person interessanter waren, als die Person selbst und man dieser Person nicht glaubte, konnte ich darauf herzlichst verzichten.

Dann blieb nur noch die Sache mit den Wetten. Was wenn da etwas Wahres dran war und Reece allen erzählt hat, was eigentlich nicht passiert ist, doch das nun als die Wahrheit verkaufte?

Zu meinem Glück stand er seinem Spind.

»Stimmt das?« Wütend verschränkte ich die Arme vor der Brust und gab ihm die Chance sich zu erklären. Vielleicht hatte er damit nichts zu tun und das war ein weiteres Gerücht, was jemand erzählte.

»Holly, lass es mich erklären«, fing er an. »Ich wollte das nicht.«

All meine Hoffnung verschwand aus meinem Körper und Enttäuschung machte sich in mir breit.

»Ich wollte dich nicht verletzen.«

Ich fasste es nicht.

»Du kannst mich mal, Morrison«, zischte ich und eilte an ihm vorbei. Er rief mir nicht hinterher und er folgte mir auch nicht.

Er hielt mich nicht auf.

Er ließ mich gehen.

Einfach so.

Es war wahr.

Ich dachte, dass ich die Menschen um mich herum kannte.

Aber eigentlich waren sie Fremde.

Und Reece Morrison war ein verdammtes Arschloch.

Kapitel 11
HOLLY || VERGANGENHEIT

»Ich kann nicht fassen, dass Reece es wirklich gemacht hat«, erklärte Tessa, während ich mit einer Dartpfeile auf einen der bunten Ballons zielte, der wenige Sekunden später mit einem lauten Knall zerplatzte.

»Was für ein Vollidiot«, unterstützte Malea ihre beste Freundin, ehe sie ebenfalls einen Pfeil warf, aber verfehlte.

»Er hat sich nicht einmal die Mühe gemacht, mir hinterher zu gehen oder sich zu entschuldigen.« Entrüstet schüttelte ich meinen Kopf. »Wie konnte ich nur auf seine Masche reinfallen?«

Seufzend gab ich meinen Pfeil, den ich zuvor in die Hand genommen hatte, Malea, ging mir durch die schulterlangen Haare und blickte mich um.

Mein Blick wandert über den Jahrmarkt. Auf dem Platz tummelten sich nur die Menschen. Die engen Gassen zwischen den verschiedenen Ständen füllten sich immer mehr mit Leuten, sodass man schnell den Überblick in der
ganzen Menschenmasse verlor.

Tessa und Malea hatten sich noch in der Schule bei mir entschuldigt und mich überredet, mich hier blicken zu lassen. Schließlich war es mein erstes Jahr hier und da durfte ich den jährlichen Jahrmarkt nicht verpassen.

Bisher hatte ich allerdings nur meine Wut an diesen bunten Ballons ausgelassen.
Ich war nicht nur wütend auf Reece, sondern auch auf mich, weil ich es überhaupt so weit hatte kommen lassen. Ich hätte ihm absagen können, tat es aber nicht. Ich hatte wirklich Spaß, aber jetzt bereute ich es nur noch.

»Ihr könnt euch etwas von den untersten zwei Regalen aussuchen«, riss der Besitzer, der jetzt teilweise zerstörten Ballons, mich aus meinen Gedanken.

Fragend lagen die Blicke von Tessa und Malea auf mir, doch ich zuckte nur mit den Schultern. »Sucht ihr aus.« Ich hatte eh nicht dafür bezahlt.

Mit einem Gefährten mehr, bahnten wir uns ein Weg durch die

Menschen, die in die verschiedensten Richtungen liefen. Tessa hatte sich für einen braunen Plüsch Biber entschieden, den sie nun zufrieden mit sich trug. Irgendwie war er gruselig.

Kopfschüttelnd verdrängte ich den Biber aus meinem Kopf. »Was jetzt?«

»Die haben diese Gruselbahn hier«, teilte Malea mir freudig mit und ihre Augen fingen an zu leuchten.

Hysterisch lachte ich. »Da bekommt mich niemand rein. Ich bin doch nicht lebensmüde.«

Von beiden erklang ein leises Seufzen. »Komm schon«, quengelte Tessa.

Auch Malea schob schmollend die Unterlippe hervor. »Sei doch nicht so langweilig.«

»Das hat doch nicht damit zu tun, dass ich langweilig bin«, widersprach ich. »Ich bin nur um das Wohl meines Herzens besorgt. Ich fürchte, dass es nicht mitmachen würde, erschreckt zu werden.«

Ich hasste all das, was mit Horror zu tun hatte. Das war einfach nichts für mich.

»Holly, dort steht ein Kind an.« Tessa deutete auf die Schlange vor dem Eingang der Attraktion. »Der Kleine ist doch höchstens fünf.«

»Vielleicht bereut er es danach und geht auch elf Jahre später nicht erneut in eine Geisterbahn, was so ganz nebenbei eine sehr kluge Entscheidung wäre«, erklärte ich ihnen. »Ihr könnt aber ruhig gehen, aber jammert mir danach nicht die Ohren zu. Ich warte dann hier.«

»Bist du dir sicher?« Zögernd wechselte Tessa einen kurzen Blick mit Malea.

Ich nickte. »Klar.«

Fröhlich liefen die beiden lachend auf die Bahn zu. Was für Unmenschen. Wie konnte man dort nur freiwillig hinein gehen? Gelangweilt trat ich von einen auf den anderen Fuß, auch fünf Minuten später standen sie noch an und so langsam gingen mir die Menschen auf die Nerven, die meinten sich nicht richtig fortbewegen zu können und mich anrempeln zu müssen.

»Du bist Holly, richtig?« Neben mir stellten sich ein Mädchen hin, was mir nur vom Namen und vom Sehen her bekannt war. »Sonst wäre das jetzt wirklich peinlich, wenn du es nicht bist.«

Verwirrt wandte ich mich zu ihr. »Richtig«, bestätigte ich meine Identität. »Und du bist Bree, oder?«

Man sah sie entweder mit ein paar Freundinnen oder mit Reece und seinen Freunden. Zuerst dachte ich, dass die zusammen wären, aber das änderte sich nach dem Treffen mit Reece, was mich vom Gegenteil überzeugte. Dachte ich zumindest. Wer wusste schon, was Reece noch zu verheimlichen hatte.

»Richtig«, entgegnete sie ebenfalls auf meine Gegenfrage.

»Bist du zu Schadensbegrenzung oder um es mir unter die Nase zu reiben hier?«, kam ich gleich zu meiner Vermutung. Ich tippte auf Letzteres.

»Ersteres«, korrigierte sie meine vorherige Annahme. »Reece ist ein Arsch. Er hätte es richtigstellen sollen«, fuhr sie fort. »Ich meine, wie blöd ist dieser Junge eigentlich, dass er solche Äußerungen von sich gibt?«

Viel hatte er ja nicht gesagt. Seine Worte hätten vieles bedeuten können, aber er hatte es ja nicht einmal abgestritten.

»Ich war immer der Annahme, dass ihr etwas miteinander habt«, offenbarte ich ihr.

Bree verzog angeekelt das Gesicht. »Ich kenne ihn schon eine Ewigkeit. Er ist wie ein Bruder«, stellte sie klar. »Das wäre widerlich.«

»Warum hat er nichts gesagt?«, fragte ich sie neugierig. »Er hat zwar nicht gesagt, dass es wahr ist, hat aber auch nicht das Gegenteil getan.«

»Er hat das Gerücht nicht in die Welt gesetzt. Das war Adam und glaub mir, da ist jetzt alles andere als eine Freundschaft bei den beiden. Adam fand das übrigens total lustig«, erklärte Bree. »Man kann ihn mit einem Kind im Kindergarten vergleichen. Obwohl die haben wahrscheinlich noch mehr im Kopf, als Adam. Reece wusste nicht mit der Situation umzugehen.«

»Ich weiß nicht«, seufzte ich. »Ich will nicht, dass er mich von vorne bis hinten verarscht.«

»Das wird er nicht«, sagte Bree. »Er redet andauernd von dir. Du hast scheinbar ganz schön Eindruck bei ihm hinterlassen.«

Ich hob eine Augenbraue.

»Das hast du natürlich nicht von mir«, grinste sie. »Aber du bist ihm wirklich wichtig.«

Kapitel 12
HOLLY || GEGENWART

Gedankenverloren stochere ich in meinen Essen herum. Er hatte die Bilder gesehen, wie sollte ich ihm das erklären? Ich bin noch nicht so weit.

Verzweifelt lege ich die Gabel auf das blaue Tablett und schiebe dieses etwas weiter auf den runden Tisch von mir weg.

»Du musst was essen, Holly«, erinnert mich Bree. Sie ist mir schon den ganzen Tag nicht von der Seite gewichen.

Zusammen versuchen wir Reece aus dem Weg zu gehen. Bisher funktioniert dies hervorragend. Doch mir ist bewusst, dass das nicht für immer so weiter gehen kann. Ich zögere es nur ein wenig heraus.

Bis jetzt.

Meine Augen weiten sich panisch und hektisch suche ich nach einem Fluchtweg.

»Verdammt«, flucht Bree.

Reece Blick ist auf mich gerichtet und mit schnellen Schritten kommt er näher.

Ich rutsche immer weiter auf meinem Stuhl nach vorne, wobei ich versuche immer kleiner zu werden und aus seinem Blickfeld zu verschwinden.

Noch höchsten zehn Schritte.

Bereits jetzt starren uns mehrere Schüler interessiert an und fangen an zu tuscheln.

Reece bleibt vor dem Tisch stehen. Sein Blick begegnet meinem. Bree beachtet er erst überhaupt nicht.

Nervös beiße ich auf meine nun vollkommen ausgetrocknete Lippe. Warum sagt er denn nichts?

Die Anspannung scheint den ganzen Raum zu erfüllen, denn plötzlich verstummen jegliche Gespräche. Nur einzelne flüsternde Stimmen kann man noch wahrnehmen.

Vorsichtig legt er ein Handy auf den Tisch und schiebt es langsam zu mir. Dabei lässt er mich kein einziges Mal aus den Augen. Genau das tat ich auch nicht. Ich kann mein ununterbrochenes Starren nicht unterbrechen.

Vielleicht will ich das auch nicht. Ich will nicht auf dem Bildschirm des Handys schauen. Mir ist klar, was darauf zu sehen ist, aber dennoch bereitet es mir eine verdammte Angst, der Realität ins Auge zu sehen. Ich möchte die Zeit zurückdrehen.

In Zeitlupe senke ich meinen Blick. Mir bleibt doch nichts anders übrig. Neugierig auf das, was als nächstes passieren wird, beobachten uns alle gespannt, das nehme sogar ich noch wahr.

Mein Herz klopft gegen meine Brust und ist kurz davor heraus zu springen.

Die Anspannung rast durch meinen ganzen Körper.

Lachend schauen wir beide in die Kamera, während Reece die Arme um meine Taille geschlungen hat und seinen Kopf auf meiner Schulter ruht.

Ein Stich durchfährt mein Herz.

Es war mein letzter Geburtstag. Wenige Tage vor dem Unfall.

Wir hatten keine Probleme. Wir waren glücklich. An diesem Tag war alles perfekt.

»Erkläre mir das«, erklingt seine Stimme. »Ich kann einfach nicht mehr. Bitte erkläre es mir.«

Ich kann es nicht.

Kapitel 13
HOLLY || GEGENWART

Verunsichert wandert mein Blick durch die Cafeteria, bis er schließlich bei Reece stehen bleibt. Sein Blick und die der anderen um uns herum liegen erwartungsvoll auf mir und warten nur darauf, zu erfahren, was ich als nächstes tun werde.

Aber ich weiß nicht, was ich als nächstes machen werde. So viele Male bin ich diese Situation in meinen Gedanken durchgegangen.

Doch da waren sie nur in meinem Kopf.

Jetzt ist es real und ich habe keine Ahnung, wie ich es ihm erklären soll. Mein Kopf ist wie leergefegt.

Plötzlich stürzt wieder alles ein. Die Decke kommt immer näher und auch die Wände scheinen gleich bei mir zu sein. Warum jetzt? Warum hat er es jetzt herausgefunden, obwohl ich noch nicht bereit bin? Vielleicht bin ich egoistisch, weil ich sage, dass ich nicht bereit bin. Auch wenn er nun alles wissen will, fühlt es sich nicht richtig an. Es fühlt sich nicht so an, als wäre jetzt der richtige Zeitpunkt, um ihm alles zu erklären.

Ich brauche mehr Zeit. Das sage ich immer und immer wieder. Vielleicht brauche ich eine Ewigkeit dafür, aber es muss sich auch richtig anfühlen, was es im Moment nicht tut.

Vielleicht morgen. Vielleicht bin ich morgen bereit.

»Tut mir leid«, keuche ich, springe abrupt auf und eile mit großen Schritten aus der Cafeteria unserer Schule.

Die Blicke, Bree und Reece lasse ich hinter mir.

Ich kann das nicht. Ich kann es einfach nicht. Ich werde es nie können.

Schwer atmend komme ich auf dem Parkplatz vor der Schule zum Stehen und schnappe nach Luft, die schlagartig meine Lunge füllt.

Was soll ich nur tun? Das kann doch nicht ewig so weiter gehen. Ich packe das einfach nicht.

Ich halte inne. Reece geht es doch viel schlimmer. Was bin ich nur für ein schlechter Mensch? Ich kann ihn doch nicht zurückweisen, weil ich es so will.

Verdammt, was mache ich hier überhaupt?

Was wäre, wenn Reece nie den Unfall gehabt hätte? Wären wir dann jetzt glücklich?

Vielleicht wären wir glücklich und würden gemeinsam unsere Hausaufgaben machen, uns mit Freunden treffen, zusammen ausgehen oder die Wände meines Zimmers streichen.

»Holly?« Sanft holt mich eine Stimme zurück auf den Boden der Tatsachen.

Wie ein dumpfer Schlag zerplatzen meine Vorstellungen davon, wie es sein könnte, wenn all das nicht passiert wäre.

Und dann kommt mir die Erkenntnis, die mir seit dem Unfall immer wieder in den Sinn kam und ich drehe mich zu Bree um. »Ich bin schuld.«

Verwirrt legt sie ihren Kopf schief. »Woran?«

»An dem Unfall«, bringe ich leise heraus und bemerke gar nicht, wie ich langsam anfange am ganzen Körper zu zittern, was sich immer mehr bemerkbar macht.

Ohne groß darüber nachzudenken, lasse ich mich auf dem warmen Asphalt fallen und starre auf die dreckigen Spitzen meiner Turnschuhe. »Ohne mich, wäre er jetzt nicht in dieser bescheuerten Lage.«

»Ohne dich, Holly, wäre er nie glücklich gewesen«, erwidert Bree und setzt sich ebenfalls zu mir auf den Boden. »Es ist alles andere als deine Schuld. Der Kerl in dem anderen Auto trägt die Schuld. Weder Reece, noch ich und ganz bestimmt nicht du.«

»Ich habe ihn überredet auf die Party zu gehen, obwohl ich wusste, dass er nicht lange kann und früher fahren muss. Wäre er nicht auf dieser Party gewesen, dann-«

Hastig werde ich unterbrochen. »Hätte der Mistkerl, der in Reeces Auto hineingefahren ist, nicht nur auf sein Handy geschaut und auf den Gegenverkehr geachtet, wären wir jetzt auch nicht hier.« Ihre Stimme trieft nur so voller Verachtung.

»Er hat gesagt, dass er mich nicht kennt«, schniefe ich und wische mir eine Träne mit dem Handrücken von der Wange. »Kurz nach dem Unfall im Krankenhaus.«

Er kann nichts dafür, aber dennoch zersplitterte mein Herz in tausend Teile, als er es aussprach.

Reece war für mich nie selbstverständlich. Ich konnte nie sagen, wieso ich es war, die er liebte. Womit hatte ich das verdient?

Inzwischen wünsche ich mir, dass es selbstverständlich ist, dass er bei mir ist.

»Umso wichtiger jemand einen ist, desto mehr verletzen einen die Worte desjenigen«, sagt Bree nach einer Weile, die wir einfach nur stumm mitten auf dem Parkplatz sitzen. »Reece liebte dich wirklich, Holly. Er liebt dich noch immer und wird es vermutlich auch immer tun, aber er muss sich nur daran erinnern.«

»Und was, wenn er sich niemals wieder erinnern wird?«

»Dann sorge dafür, dass neue Erinnerungen entstehen und erzähle ihm mit der Zeit immer mehr von dem letzten Jahr. Gib nicht auf, höre nicht auf zu kämpfen«, kommt prompt die Antwort. »Er würde das auch für dich tun.«

»Ich kann einfach nicht mehr. Er ist doch bestimmt glücklicher ohne mich.«

»Hast du ihn dir mal angesehen? Er ist am Ende. Er braucht dich, Holly. Er ist vollkommen erschöpft und wenn du ihm aus dem Weg gehst und ihn anlügst, wird es auch nicht besser. Das tun schon alle anderen.«

»Es tut so weh, Bree«, flüstere ich und befürchte, dass meine Stimme jeden Moment versagen wird. »Ich habe Angst, wie er reagieren wird.«

Was ist, wenn alles schief geht?

»Ich weiß, aber das ist doch ein Zeichen, dass er dir wichtig ist. Aber wenn du so weiter machst, wirst du ihn verlieren.«

»Das habe ich doch schon längst.« Leicht schüttle ich den Kopf. »Er kennt mich nicht.«

»Dann lerne ihn neu kennen. Lass ihn dich ganz neu kennenlernen. Es ändert doch nichts an euren Gefühlen. Wie soll Reece das merken, wenn du ihm keine Chance gibst? Mach es nicht noch schlimmer, als es ist. Mach es euch nicht noch schwerer. Ihr seid beide am Ende und die einzigen, die euch jetzt helfen können, seid ihr. Ihr ganz alleine«, erklärt Bree mir. »Wenn du ihn liebst, gehe ihm nicht aus dem Weg, tu ihm das nicht an. Er hat es verdient die Wahrheit zu kennen und es ist nicht mein Recht es ihm zu sagen.«

Ich nicke, als auch schon die Klingel ertönt, die die nächste Stunde ankündigt.

An Brees Worten ist mehr dran, als ich eigentlich zugeben möchte, doch egal wie lange ich es auch hinauszögere, es wird dennoch nicht besser.

Das einzige, was jetzt hilft, ist reden. Ich muss Reece irgendwie die Wahrheit sagen. Wie, weiß ich nicht, aber ich muss es trotzdem tun.

Weil ich Reece liebe.

Kapitel 14
HOLLY || GEGENWART

Ich wollte wirklich mit ihm reden.

Neben mir ließ sich jemand auf das kleine Sofa fallen. »Er ist echt sauer auf dich, Holly.«

Seufzend lehne ich mich vor, stütze die Unterarme auf meinen Beinen ab und blicke auf den roten Plastikbecher, den ich mit beiden Händen umklammere, nieder. »Wie schlimm ist es?«

»Definiere schlimm«, entgegnet Callum. »Er ist hier.«

Mein Blick wandert durch die vielen Menschen in unserem Alter, die sich im Wohnzimmer verteilt haben und tanzen, lachen oder sonst was tun. »Du bist sein bester Freund«, sage ich. »Klar, dass er hier auftaucht. Vielleicht sollte ich einfach gehen«, überlege ich.

»Du kannst ihm nicht ewig aus dem Weg gehen.«

»Definiere ewig«, meine ich und sehe zerknirscht zu ihm.

»Außerdem habe ich Geburtstag«, stellt Callum klar. »Also darfst du nicht gehen und jetzt zieh doch ein anderes Gesicht. Dich selbst zu bemitleiden, bringt dir auch nichts.«

»Bin ich egoistisch?«

Sichtlich verwirrt hebt Callum eine Augenbraue. »Wie kommst du denn jetzt da drauf?«

»Keine Ahnung.« Ich zögere, ehe ich weiterspreche. »Scheinbar möchte Reece endlich die Wahrheit wissen, aber ich denke immer nur an mich und an meine Gefühle.«

Callum schüttelt den Kopf. »Ganz ehrlich, ich kann dich verstehen. Niemand hat ihm bisher alles erzählt. Du hast Angst, oder?«

Ich nicke.

Vermutlich ist es das, was mich zurückhält. Vielleicht ist das aber auch nur eine weitere Ausrede aus meinem Kopf. Ich wollte wirklich mit Reece reden, aber was ist, wenn das alles nur noch schlimmer machen würde?

Ich weiß nicht genau, was mehr weh tut. Jetzt kennt er mich überhaupt nicht, doch sobald er unsere Geschichte erfährt, weiß er, wer ich bin, aber wird das trotzdem nur wissen, weil ich es ihm erzählt habe. Es ist nicht das Gleiche.

Er wird mich nie wieder so anschauen, wie er es zuvorgetan hat und diese Erkenntnis zerreißt mein Herz langsam in mehrere Stücke.

Wir werden nicht einfach dort weitermachen können, wo es aufgehört hat, wo unsere Geschichte geendet hat.

Es ist zu spät dafür.

Vielleicht morgen, wird womöglich nie passieren. Er wird sich womöglich nie mehr erinnern können.

»Ich will wirklich nicht in deiner Haut stecken, Holly«, gibt er nachdenklich zu, bevor ich völlig in meinen Gedanken versinke.

Leise lache ich auf. »Da sind wir schon zu zweit.«

Der Typ neben mir steht auf und hält mir auffordernd die Hand hin. »Ich habe noch einen Geburtstagskuchen, den ich anschneiden muss. Willst du ein Stück?«

»Sehe ich so verzweifelt aus?«, grinse ich leicht.

»Kuchen kann man immer essen«, widerspricht Callum, ehe ich nach seiner Hand greife und von ihm hochgezogen werde. »Das gute Gefühl danach ist nur eine positive Nebenwirkung«, schmunzelt er schließlich und geht in Richtung Küche, in welche ich ihm folge, nachdem ich meinen fast leeren Becher auf dem kleinen Tisch abgestellt habe.

Keine fünf Minuten später sitze ich im Flur auf dem Boden und esse den Kuchen, den Callum mir zuvor mit einem Teller und einer Gabel in die Hand gedrückt hat.

Leise höre ich noch die Musik, die aus dem Wohnzimmer bis hier hindrängt.

In meinem Kopf tauchen immer wieder die gleichen Gedanken auf. Was soll ich nur machen? Bree und Callum haben Recht, dass ich nicht für den Rest meines Lebens vor den Problemen fliehen kann.

Seufzend stelle ich den Teller neben mir ab und lehne mich gegen die kahle Wand.

»So sieht man sich wieder«, erklingt eine vertraute Stimme und es ertönen Schritte, die von Sekunde zu Sekunde lauter werden und näherkommen.

Schnell stehe ich auf, sodass ich nur mein Gleichgewicht finden muss. »Was willst du hier?«

Er grinst verschmitzt und kommt vor mir zum Stehen. »So

begrüßt man einen alten Freund?«

»Ich wüsste nicht, woher du dir das Recht nimmst, dich als Freund zu bezeichnen«, zische ich und sehe verachtend zu ihm hinauf. Seine aschblonden Haarsträhnen fallen ihn vereinzelt über die Stirn.

Amüsiert blitzen seine dunklen Augen auf, die mich ununterbrochen anstarren. Es sind die Augen, in die ich mich verliebt hatte.

Wie konnte ich nur auf diese Augen reinfallen? So blind konnte man doch überhaupt nicht sein.

»Was willst du hier, Anthony?«

»Ich wollte eigentlich nur der Geburtstagsparty von meinem Cousin ein Besuch abstatten. Hätte ich gewusst, dass ihr euch kennt, hätte ich ihn viel eher besucht.«

Ganz automatisch weiten sich meine Augen. Das darf nicht wahr sein. Fassungslos fange ich an, den Kopf zu schütteln. »Callum?« Sein Name ist fast nur noch ein unscheinbares Flüstern.

»Weißt du«, ergreift Anthony erneut das Wort. »Ich habe dich echt vermisst. Bisher war keine, wie du es warst.«

»Das hättest du dir vorher überlegen müssen. Das hättest du dir überlegen müssen, bevor du vor allen Augen Charlotte geküsst hast. Da war ich dir relativ egal, nicht wahr?«

Er ist eins dieser Dinge, die ich in unserer alten Stadt nicht vermisse. Er ist ein Grund, warum ich mein altes Leben dort nicht mehr vermisse.

Wir waren noch zusammen, als ich umgezogen bin. In den Sommerferien, kurz nach dem Umzug, wollte ich ihn überraschen, buchte mir ein Flugticket und flog hin. Ich hätte diesen Ort für immer hinter mir lassen sollen. Genug Gründe gab es.

Sobald ich wieder hier war, war die Beziehung endgültig vorbei. Es hätte vermutlich auch nicht länger gehalten.

Ein paar Monate später hatte ich mit niemanden dort Kontakt mehr.

»Sie war ein Fehler«, holt Anthony mich in die Gegenwart zurück. »Ich bereue es wirklich.«

»Ich bereue nur, dass ich dir jemals vertraut habe. Du bist das Letzte, Anthony.« In meiner Stimme schwingt so viel Hass mit, dass ich sie kaum wiedererkenne.

Mit diesen Worten gehe ich an ihm vorbei, doch er hält mich

zurück. »Reece scheint wirklich nett zu sein.«

Mein Herz setzt ein kurzen Moment aus. »Rede nie wieder auch nur ein einziges Wort mit ihm«, presse ich hervor und schenke Anthony einen hasserfüllten Blick.

»Tragisch, was mit ihm passiert ist«, fährt er fort. »Ihr wart zusammen, nicht wahr? Oder seid ihr es noch immer?« Provozierend erscheint ein Lächeln auf seinen Lippen. »Er erinnert sich nicht mehr an dich«, stellt er fest, als ich nichts erwidere und seinem Blick gekonnt ausweiche. »Ich verstehe dich, Holly.«

»Du verstehst gar nichts.«

»Das ist wirklich traurig mit euch beiden«, erwähnt Anthony. »War ich nicht viel besser als er? Ich weiß jedenfalls noch, wer du bist. Selbst das weiß dein toller Freund nicht mehr.«

Klatschend landet meine Hand auf seiner Wange.

Lachend hält er sich diese Stelle, ehe er sich gelassen durch sein Haar fährt. »Was hat er, was ich nicht habe?«

»Meine Liebe. Er wird sie immer haben und du wirst sie niemals haben.«

»Die hatte ich doch schon längst. Das kannst du nicht verleugnen, Darling«, kommt es von meinem Ex.

»Ich habe dich nie geliebt«, sage ich mit fester Stimme. »Aber ich liebe Reece und ich werde ihn immer lieben. Das wirst du niemals erreichen.«

»Ist das so?«, fragt Anthony grinsend und kommt einen Schritt näher.

»Holly?«

Reece.

Kapitel 15
HOLLY || VERANGENHEIT

Nachdenklich tippte ich zum Takt der Musik, die aus Reeces Handy ertönte, mit dem Kugelschreiber auf dem Collegeblock vor mir.

»Wofür lerne ich überhaupt? Ich werde die Klausur eh verhauen.« Frustriert legte Reece sein Kopf in den Nacken, ehe er sich auf dem Schreibtischstuhl zu mir drehte.

Von seinem Bett aus, wo ich mich im Schneidersitz mit meinen Schulsachen ausgebreitet hatte, blickte ich zu ihm. »In der Klausur bist du mir dann dankbar, dass ich dich zum Lernen überredet habe.«

Biologie war weder sein noch mein bestes Fach, aber ich hoffte, dass es uns beiden wenigstens ein bisschen helfen könnte.

Ich schaute in meine Notizen. »Was ist die Aufgabe des Endoplasmatischen Retikulum?«, wollte ich von ihm wissen.

Reece ging sich jedoch nur gestresst durch seine dunklen Haare und sah mich verwirrt an. »Das was?«

»Hier.« Grinsend warf ich eine beschriftete Karteikarte ans Ende des Bettes hin. »Die solltest du dir nochmal anschauen.«

Er stand von seinem Stuhl auf, kam zu mir und schnappte sich die Karte vom Bett. »Und was macht das jetzt?«

Ich zuckte mit den Schultern. »Woher soll ich das wissen?« Wie gesagt, ich war in diesem Fach auch nicht gut.

Seufzend kehrte er mir wieder den Rücken zu und lief zurück zu dem Stuhl. »Ich hätte mir jemanden suchen sollen, der Bio kann.«

Empört öffnete ich leicht meinen Mund, ehe ich ein kleines Kissen, welches neben mir lag, an mich riss und es ihm gegen den Rücken warf.

Er konnte froh sein, dass ich es wenigstens versuchte. Außerdem war es seine Idee zusammen zu lernen. »Du bist so undankbar, Reece.«

»Ich bin undankbar?« Er drehte sich erneut zu mir um und hob eine seine Augenbrauen. »Wer hat sich denn letztens das letzte Stück Pizza genommen?«

Ich musste mir ein Lachen verkneifen. »Deswegen bist du noch immer sauer?« Ich war schlicht und einfach schneller, als er es war. Wäre er schneller gewesen, hätte er das letzte Stück gehabt.

»Jetzt grinse doch nicht auch noch so«, kommentierte er meinen kläglich gescheiterten Versuch ein neutrales Gesicht zu behalten.

Entschlossen hob er das Kissen vom Boden auf, ehe er ein paar kleine Schritte auf mich zu kam.

Automatisch rutschte ich ein bisschen auf dem Bett zurück. Mein Blick huschte über die Kissen neben mir und dann wieder zu Reece, der mich unschuldig anlächelte.

»Wage es ja nicht«, drohte ich ihm, doch hielt gleichzeitig eins der anderen Kissen schützend vor meinem Gesicht.

Sein Kissen prallte gegen mein Kissen und empört öffnete ich meinen Mund ein Stück.

Reece grinste mich nur verschmitzt an. »Und was willst du jetzt tun?«, fragte er und hob herausfordernd eine seiner Augenbrauen.

Er wollte also spielen. Wenn er es so wollte.

»Ich weiß nicht.« Langsam krabbelte ich von seinem Bett und ging mit kleinen bedachten Schritten auf ihn zu. Ein Kissen dabei mit beiden Händen hinter meinem Rücken.

Seine Augen folgten jeder meiner kleinsten Bewegungen.

Auch als ich meine rechte Hand von dem Kissen löste und ihm eine Strähne, die im auf die Stirn gerutscht war, vorsichtig aus dem Gesicht streifte.

»Holly, was tust du da?«, kam es leise von Reece und kurz konnte man meinen, dass sein Atem für einen ganz kleinen Moment aussetzte.

Mein Blick begegnet seinem Blick.

»Was mache ich denn?«, fragte ich unschuldig und ein kleines Lächeln umspielte meine Lippen.

Kapitel 16
REECE || VERANGENHEIT

Ein leichtes Lächeln umspielte ihre weichen Lippen und kurz hatte ich das Bedürfnis mit dem Finger darüber zu streichen.

Mein Blick wanderte über ihre zartrosa gefärbten Wangen zu ihren wunderschönen Augen, die mich in diesem Moment funkelnd fixierten.

»Ich weiß nicht«, antwortete ich auf ihre Frage. »Sag du es mir.«

»Wonach sieht es denn aus«, flüsterte sie.

Ihre Hand verweilte noch immer in meinen Haaren und wie von automatisch legte sich mein Daumen auf ihre Unterlippe und strich sachte darüber.

Mit jeder kleinsten Bewegung und jedem Augenblick schien mein Herz mehr gegen meine Brust zu hämmern.

Ich konnte es nicht länger verleugnen.

Ich mochte Holly mehr, als nur eine gute Freundin. Das tat ich vermutlich schon etwas länger, als ich zugeben wollte.

Wie konnte man auch nicht?

»Holly, ich...«, setzte ich an, doch wurde unterbrochen, als ihre andere Hand hinter ihrem Rücken hervor raste und mich seitlich an meinem Bauch traf.

Kichernd lief sie rückwärts auf mein Bett zu und ließ das Kissen aus ihrer Hand achtlos auf den Boden fallen.

Als Holly gegen das Ende des Bettes stieß, verlor sich das Gleichgewicht, doch meine Arme umschlossen sie und hielten sie davon ab zu fallen, ehe ich sie wieder auf die Beine zog, wobei sie gegen meine Brust prallte und sich mit ihren Händen an mir abstützte.

Wieder begegnen sich unsere Blicke und ganz plötzlich lagen ihre Lippen auf meinen.

Kapitel 17
HOLLY || GEGENWART

»Du solltest gehen, Anthony«, sage ich mit fester Stimme und starre auf das helle Laminat unter mir.

Obwohl meine Stimme klar ist, habe ich das Gefühl, als würde sie jeden Moment versagen. Mein Inneres dreht nun völlig durch.

Jetzt habe ich nicht mehr die Gelegenheit den Fotos auszuweichen. Es hätte eine Wette sein können oder es hätte bei einer lächerlichen Runde Wahrheit oder Pflicht entstehen können.

Aber ich habe es gesagt. Und Reece hat es gehört. Ich kann keine Ausrede mehr erfinden.

Auch wenn er irgendwann die ganze Geschichte kennen wird, wird er sie trotzdem nicht richtig kennen. Nur aus Erzählungen.

Er wird mich nie wieder mit diesem einem besonderen Blick ansehen, der mein Herz jedes Mal aufs Neue zum schneller schlagen bringt. Genau das wollte ich zuvor vermeiden. Das war das, wovor ich Angst hatte, warum ich es ihm nie gesagt hatte.

Ich habe Angst, dass genau das passieren wird.

Vielleicht Morgen, wird es womöglich nie geben.

Mein *Vielleicht Morgen* schwindet von Sekunde zu Sekunde mehr und wird immer unerreichbarer.

»Jetzt wird es doch erst interessant«, widerspricht Anthony und ich kann sein Grinsen förmlich in seiner Stimme hören.

Es machte ihm schon immer Spaß zu spielen. Hauptsache er hatte seinen Spaß. Das habe ich dann auch erkannt.

Er hat sich kein bisschen verändert.

»Geh jetzt«, fordere ich weiterhin. »Tu mir dieses eine Mal den Gefallen.«

Er erwidert nichts, doch kurz darauf höre ich seine Schritte, die immer leiser werden.

Mit jedem seiner Schritte schnürt sich mein Hals weiter zu und mit jedem seiner Schritte verstärkt sich auch das Kneifen in meiner Brust, bis es kaum noch auszuhalten ist.

Die Tür, welche den Flur mit dem Wohnzimmer verbindet, wird geöffnet und schließlich wieder geschlossen.

Wir sind endgültig allein.

Keiner von uns ergreift das Wort, es bleibt einfach still und mein Blick ist weiterhin stur auf den Boden gerichtet.

Wo soll ich nur anfangen? Ganz am Anfang oder mittendrin? Wie viel soll ich ihm erzählen? Alles?

In meinen Kopf tauchen die Bilder von unserem ersten Kuss auf. Ich hatte ihn damals geküsst. Es war einfach passiert und ich war in diesem Moment selbst von mir überrascht.

Der Kuss selbst war nicht so, wie es in romantischen Filmen ist, eher überstürzt, aber dennoch hat mein Herz unüberhörbar gepocht.

Langsam gleitet mein Blick zu Reece, wobei ich feststellen muss, dass sein Blick bereits an mir heftet.

Wie lange wohl schon?

»Wo soll ich anfangen?«, unterbreche ich letztendlich die Stille.

Er zuckt mit den Schultern. »Ich weiß nicht.«

Ich murmle zustimmend. Das weiß ich auch nicht. Es scheint, als würde nichts die Situation weniger kompliziert machen.

»Wie haben wir uns kennengelernt?«, stellt er schließlich seine erste klare Frage. »Weißt du«, fährt er dennoch fort. »Es ist, als würde ich dich kennen, also wenn ich mit dir rede. Aber irgendwie...«, bricht er den letzten Satz ab und lässt es einfach so im Raum stehen.

Nervös kaue ich auf meiner Unterlippe herum. Wie gerne würde ich jetzt einfach nur rennen. Davonrennen, der Situation wieder und wieder aus dem Weg gehen und nicht mehr zurückschauen.

Erneut schwingt die Tür auf, wobei die Musik deutlicher zu uns schallt, zwei kichernde Mädchen an uns vorbeilaufen und wieder hinter der Badezimmertür verschwinden.

Ich trete von einem auf den anderen Fuß. »Können wir woanders reden?«

Reece zögert kurz, doch nickt dann erkennbar, woraufhin ich erleichtert aufatme.

In diesem Flur zerquetschen mich diese Wände noch und ich ersticke an der verbrauchten drückenden Luft in diesem Gang.

Mit großen, dennoch ruhigen Schritten eile ich gefolgt von Reece hinaus zum Wohnzimmer. Von manchen werden wir ignoriert, andere hingegen werfen uns im Vorbeigehen fragende Blicke zu. Könnte ich diese Fragen nur selbst beantworten.

Was mache ich nur?

Durch die offene Küchentür erhasche ich einen kurzen Blick auf Callum und Tessa, die gelassen an der Küchentheke lehnen und sich unterhalten.

Bree, die gerade einer Freundin hilft, sich auf die Couch zu setzten, bemerkt uns und runzelt besorgt ihre Stirn, ehe wir draußen sind und endlich wieder frische Luft atmen können.

Automatisch will ich nach Reeces Hand greifen, aber halte noch rechtzeitig inne, bevor es dazu kommen kann. Wie angewurzelt bleibe ich stehen. Hoffentlich hat er es nicht bemerkt.

»Alles in Ordnung?«, nehme ich Reeces Stimme war, doch so ganz erreicht sie mich nicht.

Also antworte ich nicht. Ich stehe noch immer still und schlage Wurzeln in den dunklen Asphalt.

»Ist dir kalt?«, versucht er es erneut. »Holly? Ist alles okay?«

Ist alles okay? Vermutlich nicht. Ist alles in Ordnung? Definitiv nicht.

Schweigend lasse ich mich auf den Bordstein, der die Straße und das Grundstück trennt nieder.

»Wir haben uns im Kino kennengelernt.«

Dieses Mal antwortet Reece nicht, sondern setzt sich mit einem kleinen Abstand zu mir auf den schmalen Bordstein.

»Wann?«

»In den Sommerferien«, beantworte ich seine Frage. »Letztes Jahr.« Ich stoppe kurz, ehe ich weiterrede. »Bevor die Schule angefangen hat, habe ich Tessa kennengelernt. Sie wollte in irgendein Drama. Du warst mit Callum und Nathan dort. Dort haben wir uns das erste Mal gesehen.«

Er hört mir zu, doch sieht mich nicht an. Was seine Gedanken wohl sind?

»Ihr wolltet in einen anderen Film, aber du hast die beiden überredet ebenfalls in den Film zu gehen. Das hat mir Callum erzählt. Wir saßen nebeneinander. Du fandst den Film grausam.« Ich schlucke kurz. »Das hast du mir erzählt, als wir zusammen kamen, kurz vor Weihnachten.«

»Also waren wir zusammen?«

Er sagt es.

Wir waren zusammen. Wir sind nicht zusammen.

Ich glaube, dass das bisher noch niemand laut ausgesprochen hat, obwohl es ja wahr ist. Ich wollte es nur nicht wahrhaben. Wie so vieles nicht.

Wie soll man zusammen sein, wenn man sich nicht kennt? Wenn man sich nicht mehr liebt. Wenn man sich nicht an diese Liebe erinnern kann.

Es tut weh. Ich kann und will das nicht mehr verleugnen. Es frisst mich von innen auf, dass wir in dieser Situation sind. Dass Reece in dieser Situation ist.

Ich hasse es. Ich hasse es so sehr nicht einfach mit ihm reden zu können, nicht mit ihm Zeit verbringen zu können.

Warum ist nicht alles normal?

Das wäre so viel einfacher.

»Ja«, hauche ich also leise. »Wir waren zusammen.«

Kapitel 18
HOLLY || GEGENWART

Völlig erschöpft lasse ich mich gegen die eben geschlossene Haustür fallen.

Reece und ich hatten nicht mehr viel geredet. Wir saßen einfach stumm nebeneinander.

Ein kleiner Teil in mir hatte wahrscheinlich gehofft, dass er sich erinnern würde, doch es war klar, dass er das nicht würde. Vermutlich nie mehr.

»Tante Esme, Holly ist da«, keift eine Stimme begeistert. Freudig blickt mich meine kleine Cousine Ellie an.

Meine Mutter kommt mit Maisie auf dem Arm aus der Küche. »Was machst du denn schon hier?«, fragt sie mich verwundert, wobei sie das kleine Mädchen auf den Boden absetzt. »Ellie nimmst du deine Schwester bitte mit zum Hände waschen?«

Eifrig nickt die Angesprochene und nimmt ihre jüngere Schwester an die Hand. »Komm Maisie, wir gehen Hände waschen.« Damit geht sie voran und Maisie stolpert leicht hinterher.

Leicht lächelnd sehe ich den beiden hinterher. Ellie führt sich manchmal mit ihren sieben Jahren wie eine kleine Erwachsene auf und ihre vier Jahre jüngere Schwester findet sie ganz toll.

»Laureen hat sie mir spontan rübergebracht«, erklärt mir Mom und mustert mich dann besorgt. »Ist alles in Ordnung?«

Ich zucke nur mit den Schultern und schlüpfe aus meinen Schuhen und der dünnen Jacke, die ich sorgfältig bei Seite lege. »Ich habe mit Reece gesprochen.«

Der besorgte Blick meiner Mom verstärkt sich. »Und wie geht es dir?«

Ohne eine konkrete Antwort, laufe ich vorerst an ihr vorbei in die Küche. Auf dem schmalen Küchentisch sind Ausstechförmchen verteilt und an der Seite steht eine Schüssel voller Teig.

»Ich habe gehofft, dass es mir wieder besser geht, wenn ich bei ihm bin«, gebe ich zu und lasse mich auf einen der Holzstühle fallen.

Mom setzt sich ebenfalls zu mir. »Und hat es funktioniert?«

Ich schaue auf meine Hände, ehe ich den Kopf schüttle. »Hat es nicht. Er kann sich wirklich kein bisschen erinnern«, erzähle ich. »Was ist, wenn er es nie wieder kann?«, stelle ich die Frage, die mir immer wieder durch meinen Kopf geht.

Doch genau in diesem Moment kommen meine Cousinen wieder in die Küche gerannt. »Fertig«, verkündigt Maisie, klatscht glücklich in die Hände und versucht auf den freien Stuhl neben mir zu klettern, der ihr etwas zu hoch ist. Von der Seite hebe ich sie hoch und platziere sie auf den Stuhl. Ellie nimmt ihr gegenüber Platz.

Mom fängt an den Teig auszubreiten und zu verteilen, wobei sie auch etwas vor mir ablegt. »Helfe uns doch beim Plätzchen machen. Wir haben dieses Jahr doch noch keine gemacht.«

»Aber erst Hände waschen«, widerspricht Ellie und sieht mich auffordernd an.

Ich strecke ihr die Zunge entgegen, erhebe mich dann aber doch und wasche mir die Hände, nachdem ich meine Haare mit dem Haargummi, den ich fast immer um mein Handgelenk trage, zusammengebunden habe.

»Maisie du machst das falsch«, erklingt erneut die Stimme meiner Cousine und ich wende den Blick zu dem Tisch. Ellie sitzt mit den Knien auf dem Stuhl und ist über den Tisch gebeugt. »Schau so musst du das machen«, hilft sie ihrer Schwester, wobei sie gemeinsam eine Sternform auf den Teig legen. »Und dann hast du auch einen Stern, siehst du.«

Mit den beiden kann man wirklich alle Sorgen vergessen. Sie sagen einfach, was sie denken und machen, was sie wollen. Wäre das Leben doch immer so einfach.

Ich wende mich wieder ab, verbinde mein Handy mit der Bluetooth Box und starte eine Weihnachtsplaylist.

»Zufrieden?«, frage ich Ellie, als ich mich erneut auf meinem Platz setze und ihr meine Hände zeige, woraufhin sie zufrieden nickt.

Maisie tippt mich von der Seite an und deutet stolz auf einen ihrer Sterne aus Teig. »Guck mal.«

»Der ist aber toll«, antworte ich ihr begeistert. »Kannst du mir auch so einen machen?«

Entschlossen hebt sie ihn vorsichtig hoch und hält ihn mir

entgegen. »Schenke ich dir.«

Zwei Stunden später liege ich im Bett und Maisie und Ellie liegen schlafend neben mir. Sie wollten nicht alleine im Gästezimmer schlafen und haben darauf bestanden hier zu schlafen.

Achtsam nehme ich das Plätzchen aus Maisies Hand, womit sie eingeschlafen ist und lege es auf meinem Nachttisch ab.

Meine beiden Cousinen fanden Reece immer toll. Sobald sie erfuhren, dass Reece hier ist, wollten sie gleich zu uns kommen und einmal sagte Ellie mir, dass sie ernsthafte Konkurrenz für mich wäre.

Das ist wieder ein Teil, woran ich mich erinnern kann, aber Reece nicht.

Was wäre jetzt, wenn er sich erinnern könnte? Wenn er nie den Unfall gehabt hätte. Wäre er dann jetzt hier?

Hier bei mir?

Vielleicht wären wir auch nicht mehr zusammen, obwohl ich mir das nie vorstellen hätte können. Aber das war leider die Realität.

Frustriert seufze ich auf und werfe ein Blick auf die Uhrzeit auf meinem Handy.

Ich sollte aufhören, mich selbst zu bemitleiden. Ich kann doch eh nichts an dieser Situation ändern.

Leise verlasse ich mein Bett und mein Zimmer, um mich keine Minute später in der Küche wiederzufinden.

Mom räumt die Küche auf und summt leise zu der Musik mit, die nun von ihrem Handy abgespielt wird.

»Weißt du«, fängt sie an, ohne mich wirklich gesehen zu haben. »Sollte Reece sich nie mehr an das, was passiert ist erinnern, solltet ihr für neue Erinnerungen sorgen.«

»Und wie soll ich das anstellen?«, möchte ich wissen und fange ebenfalls an, den Tisch leer zu räumen.

»Das musst du schon wissen, Holly. Aber es ist weder dir noch ihm gegenüber fair, es auf sich beruhen zu lassen. Du darfst einfach nicht aufgeben. Das Leben ist leider nicht mehr wie im Kindergarten, wo es der Weltuntergang ist, wenn jemand auf dein Bild gemalt hat.«

»Und wenn ich dann plötzlich uninteressant für ihn bin?«, mutmaßte ich.

»Das warst du nie für ihn«, erklärt sie mir. »Und das weißt du auch ganz genau. Mach dir nicht immer über Dinge Sorgen, die keine Probleme sind. Dass Reece sich irgendwann nicht mehr für dich interessieren wird, ist dein geringstes Problem.«

»Und was ist dann mein größtes Problem, Mom?«

Mom grinst mich an. »Ich bin mir ziemlich sicher, dass die beiden Zwerge nicht schlafen und gerade dein geliebtes Zimmer verwüsten.«

Kapitel 19
HOLLY || GEGENWART

»Wisst ihr, was bald ist?« Bree lässt sich neben mich auf den letzten freien Stuhl fallen.

Ich zucke nur mit den Schultern. Tessa und Malea hingegen nicken eifrig und begeistert.

»Was ist denn bald?«, will ich nun auch wissen. Scheinbar bin ich die einzige, die nicht weiß, worum es geht.

»Erinnere dich an letztes Jahr«, hilft Tessa mir auf die Sprünge, doch ich habe noch immer keine Ahnung, woran ich denken soll.

Bree seufzt. »Der Christmas Ball.«

»Oh«, erfährt es mir. »Den habe ich ja ganz vergessen.«

»Du warst ja letztes Jahr auch nur knappe zwei Stunden da und bist danach spurlos verschwunden«, werde ich von Tessa erinnert.

Meine Gedanken schweifen zum letzten Jahr.

Der Christmas Ball findet jedes Jahr für alle Jahrgänge statt. Am letzten Tag vor den Ferien verbringen die Schüler dann einen letzten Abend in jenem Jahr zusammen.

Letztes Jahr war ich mit Reece dort.

Naja, mehr oder weniger. Wir haben uns bereits nach den ersten Stunden von den anderen verabschiedet und sind zusammen durch die Stadt gezogen.

Irgendwann früh morgens waren wir dann zuhause. Beziehungsweise bei mir. Meine Eltern hatten sich beim Frühstück nur einen vielsagenden Blick zugeworfen.

Und ich hatte befürchtet, dass die mich umbringen würden. Vielleicht auch Reece. Oder uns beide.

»Habt ihr schon Kleider?«, fragt Bree und wirft mir einen fragenden Blick zu.

Ich schüttle den Kopf. Im Moment hatte ich irgendwie andere Gedanken, als ein Kleid für den Ball zu suchen.

Vielleicht gehe ich auch nicht.

Anklagend, als könnte Bree Gedanken lesen, zeigt sie mit dem Zeigefinger auf mich. »Denk nicht mal dran. Du wirst gehen. Ich bin sogar freundlich zu den beiden hier.« Nun deutet sie auf Tessa und Malea.

Wenn es eine Sache gibt, wo die drei einer Meinung sind, ist es diese. Zu meinem Bedauern.

»Ich weiß nicht«, gebe ich offen zu. »Ihr habt vermutlich mehr Spaß ohne mich.«

»Du bist im Moment echt überhaupt nicht von dir überzeugt, Holly«, beschwert Malea sich. »Du darfst auch Spaß haben.«

»Außerdem ist es dieses Jahr unser letzter Christmas Ball.«

»Bleibe wenigstens zwei Stunden, wie du es letztes Jahr auch gemacht hast«, schlägt Bree vor. »Ich opfere mich auch als deine Begleitung.«

Empört halte ich ihr meinen Mittelfinger entgegen. »Du meinst, dass ich mich opfern muss. Du bist viel anstrengender als ich.«

»Schön«, freut sie sich. »Dann haben wir also ein Date.« Grinsend wackelt sie mit den Augenbrauen.

»Du bist unmöglich«, schüttle ich erneut den Kopf, aber dennoch legt sich ein kleines Grinsen auf meine Lippen. »Aber jetzt müsst ihr mich entschuldigen«, teile ich meinen Freundinnen kurz darauf mit. »Ich muss noch mein Buch für Englisch aus dem Spind holen.«

Auf dem Schulflur wimmelt es wie üblich nur von Schülern, die kaum aufpassen, ob ihnen jemand entgegenkommt.

Mein Blick fällt auf die Wand neben mir, die an einer Stelle mit Plakaten beklebt ist. Wie konnte ich den Christmas Ball vergessen? Überall hängen Plakate davon und gefühlt jeder dritte Schüler spricht darüber.

Irritiert schließe ich das Schloss auf und öffne meinen Spind.

In meinem Blickwinkel erscheint ein Bild von Reece und mir. Es klebt an der inneren Spindtür. Ich konnte mich bisher nicht überwinden es abzunehmen.

»Schönes Foto.«

Erschrocken drehe ich mich zu der Stimme, obwohl ich längst sagen kann, wem sie gehört.

»Ich würde übrigens gerne die Sachen wiederhaben.«

»Welche Sachen?«

»Die ihr aus meinem Zimmer geholt habt. Du willst mir doch nicht sagen, dass ich nichts im Zimmer hatte, was mich an dich erinnert.«

Ich gucke ihn nur stumm an.

»Ich finde es nicht fair, dass du einfach versuchst, dich aus meinem Leben zu löschen«, fährt er fort. »Nur, weil ich nicht alles weiß, kannst du nicht alles ungeschehen machen.«

»Reece, ich…« Ich stoppe. »Was soll ich sagen?«

Was ist das hier? Was passiert da gerade?

Er kann mir doch nicht einfach vorschreiben, was ich zu tun habe.

Woher weiß er überhaupt von den Sachen?

Er atmet hörbar aus. »Geh mit mir aus.«

Nun hält mein Atem an. »Was?«

»Gib mir bitte die Chance«, bittet er mich und sein Blick begegnet meinem.

Er ist sich dessen sicher, was er eben gesagt hat. Er meint es völlig ernst und ehrlich.

»Du fühlst dich dazu gezwungen, oder?«, frage ich dennoch. Ich kann einfach nicht anders. »Wenn du das nur machst, weil du jetzt weißt, dass wir zusammen waren…«

»Selbst, wenn es so sein sollte, heißt es nicht, dass das der einzige Grund ist«, entgegnet er und unterbricht mich so. »Gib mir die Chance, dich erneut kennenzulernen. Es ist dir überlassen.«

»Bist du dir sicher?« Verunsichert mustere ich ihn, wie er so mit der Seite locker an dem Schließfach lehnt.

»Ganz sicher.«

Nervös kaue ich auf meiner Unterlippe.

»Das tust du immer, wenn du nervös bist«, kommt es gedankenverloren von Reece und ein leichtes Lächeln umspielt seine Lippen. »Und du spielst dann immer so mit deinen Haaren.«

Und ganz plötzlich fällt es mir erneut schwer zu atmen.

Kapitel 20
HOLLY || GEGENWART

Menschen haben unterschiedliche Probleme. Aber nur weil das eine Problem größer erscheint, ist ein Kleineres nicht auch eine Last und unwichtig.

Menschen gehen unterschiedlich mit solchen Problemen um. Manche können selbst die schlimmsten Dinge mit einem Lächeln überstehen und manche brechen bereits bei einem lösbaren Problem zusammen.

Manche Menschen reden darüber und manche schweigen lieber.

Und das ist völlig okay.

Die Probleme sind nicht unbedeutend. Jeder geht damit nur anders um.

Nur, weil ein Mensch nicht darüber redet, heißt es nicht, dass er ein perfektes Leben hat. Jeder hat mit etwas zu kämpfen.

Jeder einzelne Mensch ist wichtig.

Jeder Mensch ist wichtig.

Und die schlechten Tage sind schließlich dafür da, um die guten Tage besser schätzen lernen zu können.

Kapitel 21
HOLLY || VERGANGENHEIT

»Du bist wirklich einzigartig, Holly. Weißt du das eigentlich?«

Ich blickte zu Reece und wandte mein Blick von den tanzenden Schülern ab. »Bin ich das?«

»Was ganz Besonderes.«

Verlegen sah ich wieder zurück zu den Schülern.

»Wäre es nicht so dunkel, könnte ich meinen, dass du rot wirst«, neckte er mich.

Falls ich es zu diesem Zeitpunkt noch nicht war, war ich es definitiv dann.

Instinktiv versteckte ich mein Gesicht hinter meinen Haaren.

»Hast du Lust, was anderes zu machen?«, kam es auf einmal von Reece.

Neugierig schaute ich zu ihm. »Woran denkst du?«

»Sag du es mir«, erwiderte er grinsend, stand auf und reichte mir die Hand.

»Bree wird mich töten, wenn sie erfährt, dass ich dich von deinem ersten Christmas Ball entführe«, murmelte er, während wir unserem Weg aus der umfunktionierten Sporthalle fanden.

»Dann muss sie zuerst an mir vorbei«, entgegnete ich.

Lachend legte er eine Hand um meine Taille und zog mich zu sich, um mir seine Lippen für einen kurzen Moment grinsend auf meine zu legen. »Schön, dass du dich für mich opferst.«

Mit einem prickelnden Gefühl auf meinen Lippen verlassen wir endgültig die Halle und gehen in die Kälte, doch die war mir egal. Noch hielten mich die langen Ärmel aus Spitze meines dunklen kurzen Kleides einigermaßen warm.

»Und jetzt«, frage ich.

»Keine Ahnung«, lachte Reece. »Wie gesagt, such dir was aus.«

»Alles?«, wollte ich wissen.

»Alles«, bestätigte er.

Es gab so viele Dinge, die ich tun wollte. Es gab so viele Dinge, die ich mit ihm erleben wollte.

»Lass uns ins Kino gehen«, schlug er vor, während ich überlegte.

»Ins Kino?« Skeptisch hob ich eine Augenbraue. »Was willst du im Kino?«

Er legte den Kopf schief. »Was sollte man im Kino wollen?«

»Wir könnten alles machen«, erwähnte ich. »So gut wie alles. Du möchtest also ins Kino?«

»Vertrau mir doch einfach«, folgte seine Antwort. »Beim letzten Date ist es doch auch nicht schief gegangen.«

Letztes Mal ist nichts schief gegangen? Hat er vergessen, dass ich mich vollkommen beim Minigolf spielen blamiert habe?

»Es können halt nicht alle Minigolf spielen«, schmunzelt er. »Manche können es einfach. Außerdem war außer uns niemand dort.« Er ging ein paar Schritte vor. »Also sollen wir?« Er deutete auf sein Auto, mit dem er mich abgeholt hatte.

»Okay«, gab ich mich geschlagen. »Wehe ich bereue es.«

»Was dann?« Herausfordernd blickte er mich an.

»Dann opfere ich mich nicht mehr für dich.«

Er kniff die Augen zusammen. »Das würdest du nicht wagen.«

»Legst du es drauf an?«

»Niemals.«

Zum Kino war es nicht weit. Während der Autofahrt lag seine Hand die ganze Zeit auf meinem Knie.

Mittlerweile liefen wir allerdings eine schmale Wendeltreppe hinauf, welche man hinter eine der Türen für Mitarbeiter des Kinos fand.

Reece öffnete eine weitere Tür am oberen Ende der Treppe und hielt mir diese auf, sodass ich als erstes auf das Dach des Gebäudes treten konnte.

Am Himmel vermischten sich die Farben des Sonnenuntergangs und vereinzelte Wolken zogen an uns vorbei.

»Vertraust du mir?«

Langsam drehte ich mich zu der Stimme um, die nun von meiner Seite und von etwas weiter wegkam.

Ein kleiner Tisch mit zwei Stühlen stand hinter ihm und um den Tisch herum waren kleine Teelichter verteilt.

»Okay, vielleicht konntest du es dir doch nicht aussuchen, wohin wir gehen«, gibt er grinsend zu. »Also würdest du mir die Ehre erweisen?«

»Ich weiß nicht. Kann ich das?«, stellte ich ihm schmunzelt die Gegenfrage.

Sein Grinsen wich ihm langsam aus dem Gesicht. »Wenn es dir

nicht gefällt, dann können wir auch was anderes machen«, sagte er hektisch.

»Reece, es ist perfekt.« Es war nicht meine Absicht, ihn zu verunsichern.

Erleichtert entspannt sich seine Haltung und er zog auffordernd einen der Stühle ein kleines Stück zurück.

»Was hättest du getan, wenn ich in der Schule hätte bleiben wollen?«

»Keine Ahnung«, meinte er. »Irgendwie gab es keinen Notfallplan. Ich habe einfach darauf gehofft.«

»Warum tust du das alles für mich?«

»Ich weiß es nicht«, erwiderte er. »Ich bin einfach nur glücklich, wenn du es bist, schätze ich.«

Könnte das Leben nicht nur aus solchen Momenten bestehen? Es würde alles leichter machen.

Es würde einfacher für uns sein, dass erfuhr ich noch früh genug.

Doch zu diesem Zeitpunkt wusste ich das nicht.

Er war niemals selbstverständlich für mich.

Aber es war selbstverständlich, dass ich ihn liebte.

Kapitel 22
HOLLY || VERGANGENHEIT

Mit einem Mal kann ein Leben vorbei sein.

Einfach zu Ende.

»Ruf bitte an, wenn du Zuhause bist«, sagte ich zu ihm, während ich meine Arme um ihn geschlungen hatte. »Und du kannst wirklich noch ein paar Minuten bleiben.«

»Ich komme ja nachher wieder zu dir«, versuchte er meine Laune zu verbessern. »Zwei Stunden wirst du schon ohne mich überleben«, hörte ich ihn leise lachen.

»Wenn ich Nein sage, bleibst du dann noch?«, probierte ich weiterhin mein Glück.

»Ich kann dich auch vorher bei dir absetzen«, bat er mir an.

Ich schüttelte den Kopf an seiner Brust. »Bree nimmt mich gleich mit.«

»Wenn ich auch pünktlich in zwei Stunden bei dir sein soll, müsstest du mich aber so langsam gehen lassen, Holly.«

»Nein.« Wie ein trotziges Kleinkind klammerte ich mich fester an ihm. »Ich behalte dich einfach bei mir.«

Dann war ich halt egoistisch, aber er durfte einfach nicht gehen.

Zwei Stunden konnten sich wie eine Ewigkeit anfühlen.

Wie ein ganzes Leben.

Ich wollte ihn einfach nicht gehen lassen.

Hätte ich da nur gewusst, dass ich das auch nicht hätte tun sollen.

Das war vermutlich der schlimmste Fehler in meinem Leben. Das kann ich mir nie wieder verzeihen.

»Ich werde auch immer dir gehören«, murmelte er in mein Haar. »Nur in den nächsten Stunden nicht.«

Ich löste mich von ihm und boxte ihm leicht gegen die Brust. »Du Idiot.«

»Ich weiß, dass du mich liebst«, sprach er meine Schwäche für ihn aus.

»Und wie ich das tue«, lächelte ich und gab ihn einen Kuss, den er wie automatisch erwiderte.

Ein Abschiedskuss.
Unser letzter Kuss.
Ich würde ihn nie vergessen.
Wie könnte ich auch.

Reece löst sich langsam von meinen Lippen. »Jetzt muss ich dich aber wirklich verlassen.«

Hatte er gewusst, wie viel Wahrheit in seinen Worten steckte? Hatte ich es gewusst?

»Das hört sich wie ein schlechter Abschied an«, schmunzelte ich und fuhr ihm ein letztes Mal durch sein dunkles Haar.

Ich liebte ihn so sehr.
Ich liebte jeden Teil an ihm.
Ich liebte jeden kleinsten Fehler an ihm.

»Gut, dass wir uns nachher wiedersehen«, sagte er und strich mit dem Daumen ein letztes Mal über meine Lippen, ehe er sich endgültig von mir löste und zu seinem Auto ging.

»Reece!«, rief ich ihm hinterher und er drehte sich ein letztes Mal um. »Versprich mir, dass du nachher noch kommst.«

Er lächelte mich ein letztes Mal an. »Ich verspreche es dir, Holly.«

Sein Blick begegnete ein letztes Mal meinem. Ich hätte alles gegeben, dass dieser Moment niemals endet.

Schließlich stieg er in sein Auto ein.

Ich hätte ihn niemals gehen lassen dürfen. Ich hätte ihn niemals in dieses Auto steigen lassen dürfen.
Es war meine Schuld.

Ich würde noch solange hier draußen stehen, bis er um die Ecke gebogen war.

Meine Augen folgten seinem Auto, bis es um die Ecke verschwand.

Bis ich aus seinen Erinnerungen verschwand.

Vermutlich für immer.

Von diesem Augenblick an hatte ich endgültig alles verloren.

Kapitel 23
REECE || VERGANGENHEIT

Aus dem Radio erklang kaum hörbar Musik, doch dennoch summte ich leise zu der Melodie mit.

Ich mochte das Lied nicht einmal. Aber es war Hollys Lieblingslied.

Sie hörte es andauernd.

Durch den schmalen Spalt, den das offene Fenster verursachte, drang die warme Sommerluft.

Der Sommer war Hollys Lieblingsjahreszeit. Im Moment jedenfalls.

Sie änderte ihre Meinung ständig.

In meinen Gedanken tauchte ihr unschuldiges Grinsen auf, wenn ich sie darauf ansprach.

Ich liebte sie wirklich.

Plötzlich passierte alles so schnell.

Für einen Moment stand alles still.

Und um mich herum passierte alles, als hätte jemand meine Umgebung auf Zeitlupe gestellt, aber irgendwie rast auch alles in Sekunden an mir vorbei.

Die Zeit, die Bilder, die Erinnerungen.

Es waren einzelne Fetzen, die sich wie ein Puzzle zusammensetzten, doch dann wieder auseinandergerissen wurden.

Nur ich war erstarrt. Beinahe eingefroren.

Dann war da ein Klopfen.

Ein Pochen.

Mein Herzschlag hallte lauter als sonst in meinen Ohren wider.

Ich konnte spüren, wie das Adrenalin durch jede Faser meines Körpers jagte, als hätte es mich in tausend Stücke zerrissenen.

Dann war da Holly.

Und mein Herz klopfte weiter.

Und dann war alles dunkel. So, als hätte jemand den Stecker für das Bild gezogen.

»Reece!«

Ich hörte sie.

Ich konnte sie wahrnehmen.

Ihre Stimme und den unerträglichen Schmerz in ihrer Stimme.

Doch die Stimme vermischte sich mit dem Klopfen und schien sich immer weiter zu entfernen.

Ich spürte ihre Hände in meinen Haaren und ihre Lippen an meinen.

Ich hörte ihr Lachen. Ihr vollkommen verrücktes Lachen.

Ich hörte ihr Weinen. Ihr vollkommen verzweifeltes Weinen.

Und ich fühlte, wie es ist, geliebt zu werden.

Ein Stich durchfuhr mein Herz und zugleich meinen Körper.

Verzweifelt versuchte ich nach ihr zu greifen, doch ich konnte sie nicht erreichen und von Sekunde zu Sekunde entfernte sie sich immer weiter.

Bis sie endgültig verblasste.

Dann war alles vorbei.

Kapitel 24
HOLLY || VERGANGENHEIT

»Holly?« Die brüchige Stimme hallte durch mein Handy zu mir. »Holly? Bist du da?«

Mein Atem beschleunigte sich. In der Stimme von Reeces Mom lag ein seltsamer Unterton, den ich nicht ganz deuten konnte.

»Ja.«

»Holly, ich…« Sie stoppte sich selbst und ein leises Schluchzen erklang.

Krampfhaft umklammerte meine Hand das Handy fester und drückte es stärker gegen mein Ohr. »Was ist passiert?«

»Kannst du- Kannst du kommen?«

»Ich bin in zehn Minuten da«, entgegnete ich ohne groß zu zögern.

Ich konnte nur ihr schweres Atmen hören, ehe sie erneut sprach. »Komm bitte zum Krankenhaus.«

Mein Blut gefror in meinen Adern zu eiskaltem Eis und mein Herz hörte auf zu schlagen.

»Beeil dich.« Die Stimme erklang nur noch als ein weit entferntes leises Wimmern, ehe das regelmäßige Piepen im Handy zur selben Zeit, wie mein Herz zu schlagen begann, ertönte.

Nein.

Meine Beine trugen mich nach draußen und über den dunklen Asphalt. Immer schneller und schneller.

Immer unkontrollierter.

Ich lief einfach.

Nein, ich rannte einfach.

Tränen rannen über meine Wangen hinab, fielen zu Boden und hinterließen einen stechenden, unaufhaltsamen Schmerz, der sich in meinem ganzen Körper ausbreitete und der ein unkontrollierbares Zittern mit sich brachte.

Bis ich fiel.

Alles sträubte sich gegen meinen Willen weiter zu laufen. Ich konnte nicht. Ich konnte einfach nicht.

Es erschien so simpel, aber war so schwer.

So verdammt schwer.

Meine Tränen rannen weiter zur Erde hinab und ich gab es auf, sie daran hindern zu wollen.

Ich konnte nicht mehr.

Mitten auf der Straße brach ein weinendes, unscheinbares Mädchen zusammen und in diesem Moment wurde ihr klar, dass es zu spät war, obwohl sie nicht wusste, was geschehen war.

Es war zu spät die Geschichte zu ändern.

Es war vorbei.

Sie konnte nichts ändern.

Es war vorbei.

Sie konnte nichts ändern.

Es war vorbei.

Sie konnte nichts mehr ändern.

Es war vorbei.

Sie konnte verdammt nochmal nichts mehr ändern.

Überhaupt nichts.

Ich musste zu ihm.

Ihm, Reece, meinem Herz, meinem Leben.

Hätte ich etwas anderes gesagt, etwas anderes gemacht oder wäre ihm nie begegnet, wäre das alles nie passiert.

Es war meine Schuld.

Was hätte ich getan, wenn es das letzte Mal gewesen ist, dass ich ihn gesehen habe?

Das letzte Mal, dass ich seine Stimme gehört habe.

Das letzte Mal, dass ich sein Lachen gehört habe.

Und das letzte Mal, dass ich seine Nähe und seine Liebe gespürt habe.

Das konnte es nicht einfach sein.

Es hätte mich zerstört. Es hätte mir auch mein Leben genommen. Mit Reece wäre auch ein großer Teil von mir gegangen.

Entschlossen wollte ich mich erheben, doch scheiterte, ehe ich nur annähernd aufrecht stand. Der Boden schien mich immer wieder zurück zu ziehen und mich nicht gehen lassen zu wollen.

Ich musste einfach weiter.

Ich musste zu ihm.

Ein Schritt nach dem anderen lief ich weiter.

Ignorierte jeden Schmerz in meiner Brust und lief weiter.

So durfte es nicht enden.

So durfte unsere Geschichte nicht enden.

So würde sie nicht enden.

»Holly.« Mackenzie stand am Eingang des Krankenhauses. Ihre Augen waren bereits rot geschwollen und zitternd fiel ich in ihre Arme.

»Wo ist er?«

»Sie behandeln ihn«, flüsterte sie fassungslos und wurde mit jedem Wort leiser. »Er hatte einen Autounfall.«

Ich schluckte schwer. »Wie geht es ihm?«

»Er wird es schaffen.« Es schien, als müsste sie es eher sagen, um sich selbst zu beruhigen, als mir mit ihren Worten zu helfen.

»Er schafft es, oder?« Wir lösten uns voneinander und sie sah mich verunsichert an.

Ich nickte nur.

Ich hoffte es, ich hoffte es so sehr.

Es durfte einfach nicht anderes sein

»Sollen wir zu meinen Eltern?«, schniefte sie. »Sie warten drinnen.«

Erneut nickte ich ohne wirklich darüber nachzudenken.

In meinem Kopf wiederholten sich immer wieder ihre Worte.

Er hatte einen Autounfall.

Kapitel 25
REECE || GEGENWART

»Und was machst du jetzt?«

»Was soll ich jetzt machen?« Fragend schaue ich zu dem blonden Jungen.

Jamie rollt die Augen. »Du möchtest, dass sie mit dir ausgeht, aber hast keinen Plan, was du mit ihr machen wirst.«

Daran hatte ich auch gedacht. Jedoch nur ganz kurz gedacht und dann habe ich wieder überlegt, ob es überhaupt eine gute Idee ist.

Aber sie hat zugesagt. »Ende dieser Woche ist der Christmas Ball«, überlege ich.

»Was ist, wenn es zu viel für sie ist? Wie war es letztes Jahr? Wart ihr dort?«

Ich werfe ihn einen Blick zu, um zu verdeutlichen, dass seine Aussage nicht wirklich durchdacht war. »Lustig«, sage ich stumpf.

»Immer doch«, kommt keine zwei Sekunden später auch schon die Antwort.

»Also lieber etwas anderes?«

Jamie nickt. »Du musst dir dringend etwas anderes überlegen.« Er sieht auf sein Handy und steckt es wieder zurück in die Hosentasche. »Wir müssen rein«, teilt er mir mit. »Lydia hasst es, wenn man zu spät kommt.«

Ich zucke mit den Schultern. »Sie mag mich eh nicht.«

»Er hat Recht.« Ein Mädchen stimmt mir zu und bleibt bei uns stehen. »Selena«, stellt sie sich vor. »Wenn du verhindern möchtest, dass sie noch mehr Gründe dafür hat, euch zu hassen, solltet ihr euch eventuell beeilen«, sagt sie und läuft an uns vorbei, bis sie die Tür hinter sich fallen lässt.

»Darf ich vorstellen«, ergreift Jamie seufzend das Wort. »Lydias Tochter, sie hält sich auch für etwas Besseres.«

»Sie sehen sich überhaupt nicht ähnlich«, überlege ich. Nachdenklich sehe ich zur Tür, durch welche Selena zuvor verschwunden ist.

»Finde ich schon«, erwidert er, ehe er mir zwei Mal auf die Schulter klopft und auch ins Gebäude verschwindet.

Mein Blick geht über den Parkplatz. Ob ich irgendwann selbst wieder fahren darf?

Mom hat mich hier abgesetzt und wird mich nachher auch wieder abholen. Zur Schule nehme ich den Bus, wenn Mackenzie mich nicht bringen kann.

Meine Eltern wollen nicht, dass ich wieder alleine Auto fahre. Aber ich hasse es, auf andere Personen angewiesen zu sein. So habe ich das Gefühl ihnen immer etwas schuldig zu sein.

Es kann doch nicht ewig so weiter gehen.

Frustriert gehe ich dann ebenfalls hinein und komme in der zweiten Etage zum Stehen. Die alten Stufen geben ein leichtes Knirschen unter dem Gewicht meines Körpers wieder.

Wie oft ich diese Treppen wohl noch betreten werde?

Es könnte jedes Mal das letzte Mal sein.

Freiwillig oder unfreiwillig.

Vielleicht hat man öfters Glück, aber irgendwann ist das Leben einfach vorbei.

Irgendwann ist man einfach nicht mehr da.

Und das könnte jeden Tag passieren.

Plötzlich ist alles vorbei.

»Kommst du?« Selena steht gegen den Türrahmen mit verschränkten Armen gelehnt und hat fragend eine Augenbraue gehoben. »Außer du willst, dass meine Mom dich rauswirft.«

»Kann sie das?«

»Natürlich kann sie das.«

Geschlagen folge ich der Blondine in den Raum, wo breites alle ihre Plätze eingenommen haben.

Selena lässt sich auf einen Stuhl fallen, woraufhin nur noch ein Stuhl zwischen ihr und Jamie frei ist, welchen ich schließlich einnehme.

Selena wirft mir ein zufriedenes Grinsen zu, doch Jamie schüttelt nur seinen Kopf.

Ich habe doch überhaupt nichts getan.

»Reece.« Lydia schenkt mir einen genervten Blick. Sie mag mich tatsächlich nicht. »Schön, dass du auch wieder hier bist.«

»Ich war beschäftigt«, antworte ich ihr knapp und bin schon dabei auszuschalten, bis ich einen leichten Tritt gegen mein Bein erhalte.

Selena sieht mich aufgefordert an. »Du machst es einem ja auch nicht schwer, dich nicht zu mögen.«

Ich seufze. »Ich habe etwas über meine Vergangenheit erfahren«, gebe ich schließlich offen zu, wobei ich auf die Dinge anspiele, die Holly mir vor ein paar Tagen erzählt hat.

»Und wie geht es dir damit?«, möchte Lydia wissen und wirkt plötzlich nicht mehr allzu genervt von mir.

Wie es mir geht? Das interessiert doch keinen wirklich.

»Gut. Mir geht es gut«, lüge ich also. »Es geht mir gut.«

Jedenfalls sind nicht mehr alle unehrlich zu mir.

Jedenfalls Holly nicht.

Ich weiß nicht warum, aber ich vertraue ihr.

Auch, wenn ich sie eigentlich kaum kenne. Oder denke, dass ich die kaum kenne.

»Bist du dir sicher?«

Ich nicke.

Ich bin nur durcheinander. Ich weiß nicht, was ich fühlen soll.

Zwar wird mir endlich etwas erzählt, was ich eigentlich wollte, aber dennoch ist es, als wüsste ich doch nichts.

Ich kann mich dennoch nicht erinnern. So sehr ich es auch hoffe und versuche.

Die Erinnerungen kommen nicht wieder.

Und ich hoffe jeden Tag, dass vielleicht morgen der Tag ist.

Der Tag, an dem ich mich erinnern kann.

An dem all meine Erinnerungen zurückkommen.

Vielleicht wird es nie passieren.

Vielleicht ist jegliche Hoffnungen verloren.

Vielleicht sollte ich aufhören zu hoffen.

Kapitel 26
HOLLY || GEGENWART

Es ist keinesfalls wie letztes Jahr.

Der Ort ist der gleiche, die Leute sind dieselben und auch die typische Musik der Charts tönt aus den Lautsprechern, doch etwas ist anders.

Ich bin anderes.

Die Situation ist anders.

Reece ist anders. Reece ist mit einer anderen Begleitung hier.

Reece ist nicht alleine, aber ich bin es.

Sie ist hübsch. Das macht es umso schlimmer.

Frustriert schiebe ich den billigen Plastikbecher vor mir auf dem Tisch hin und her, jedoch ohne den Blick von den beiden abzuwenden.

Sie lacht. Warum lacht sie?

Ihre langen blonden Locken fallen ihr locker über ihre Schulter und lachend hält sie sich an Reeces Oberarm fest.

Warum machen Reeces Freunde nichts? Als könnte er Gedanken lesen, wandert Callums Blick zu mir und schenkt mir ein breites Grinsen, ehe er mich zu sich winkt, doch ich schüttle nur den Kopf.

Nathan und ein schmaler Typ stellen sich zu der Gruppe und verteilen die Becher, die sie mitgebracht haben. Auch Anthony gehört dazu. Warum ist er noch immer hier oder besser gesagt schon wieder? Hat er denn keine Schule?

Sobald Callum seinen Becher und einen weiteren in der Hand hat, sagt er etwas, kehrt der kleinen Gruppe den Rücken zu und kommt mit großen Schritten auf mich zu. »Wo stecken denn deine Freundinnen?«

Ich nehme den Becher an, den er mir entgegenstreckt. »Danke«, nuschle ich. »Bree wollte mit Caleb tanzen. Tessa und Malea keine Ahnung.« Ich zucke mit den Schultern.

»Und warum kommst du dann nicht zu uns?« Er legt seine Unterarme auf der Oberfläche des runden Stehtischs ab.

»Das wäre seltsam.«

»Mensch Holly, du hast ständig etwas mit uns gemacht. Du

gehörst quasi zur Familie, Schwesterchen.«

Ich lächle leicht. »Da waren Reece und ich aber noch ein Paar.«

»Ja und?«, fragt Callum und schüttelt den Kopf. »Dürfen wir nicht trotzdem befreundet sein?«

»Außerdem hat Reece ja schon Ersatz gefunden«, murmel ich und nehme ein Schluck aus dem Becher. Das ist definitiv nicht nur Cola.

»Selena?« Callum lacht. »Jamie, der Junge dort hat sie mitgebracht. Reece hat sie bei den Treffen kennengelernt.«

»Haben beide auch...«, will ich fragen.

»Nur Jamie. Selena ist die Tochter von der Leiterin«, erklärt er mir. »Und das«, er zeigt auf meinen Ex. »Ist Anthony, aber ihr kennt euch ja breites. Hat er mir jedenfalls erzählt.«

Ich nicke nur.

Er ergreift erneut das Wort. »Er hat mir nur nicht gesagt, wie genau ihr euch kennengelernt habt und wie ihr zueinander standet«, erzählt er weiter.

Ich schlucke. Er brauchte es auch nicht wissen. Das würde Anthony auch nicht wollen. Wir waren uns einig, dass wir nie wieder darüber reden, was alles vorgefallen ist. Vor und nach dem Streit.

»Was ist?«, möchte Callum wissen. »Kommst du jetzt mit?«

Ich seufze, doch stehe dann auf, um gemeinsam mit ihm zu der Gruppe zu gehen.

Anthony ist der erste, der mich bemerkt und wirft mir einen undefinierbaren Blick zu.

Auch Reece wird auf uns Aufmerksam, doch ich kann seinem Blick nicht lange standhalten.

»Jamie«, stellt sich der Junge vor, den Callum mir vor ein paar Minuten noch gezeigt hat.

Ich lächle. »Holly.«

Seine Augen weiten sich für einen kurzen Moment und er sieht eilig zu Reece herüber, doch dieser bemerkt das nicht, da seine Aufmerksamkeit noch immer voll und ganz auf mir liegt.

»Selena«, meldet sich nun auch das Mädchen zu Wort. »Gehst du auch hier zu Schule? Oder sind du und Callum...«, will sie weiterreden.

Doch ich unterbreche sie. Wenn sie nur wüsste. »Nein, Callum und ich sind nur Freunde«, erkläre ich. »Ich gehe hier auch zu

Schule.«

»Also seid ihr alle nur befreundet?«, fragt sie weiter.

Erneut will ich ihr antworten, doch Reece kommt mir zuvor. »Mehr oder weniger.« Vorsicht schaue ich zu ihm. »Nicht wahr, Holly?«

»Naja, wir waren mal ein Paar. Hat irgendwie nicht funktioniert.«

Es bleibt still und niemand traut sich etwas zu sagen.

Ein wirklich unpassender Moment Anthony.

»Oh«, kommt es leise von Selena, wobei ein Funken Erleichterung in ihren Augen aufblitzt.

»Holly, können wir reden?«

Ich zögere, doch stimme schließlich zu, ehe wir uns von der Gruppe entfernen. Kurz werfe ich noch einen Blick über meine Schulter, bevor wir endgültig aus der Halle gehen. Die anderen blicken uns hinterher. Teilweise irritiert, aber von Callum, Nathan und Jamie kommt ein aufmunterndes Lächeln.

Wir bleiben neben einer Reihe von blauen Schließfächern stehen. Reece lässt sich gegen die Fächer fallen.

»Tut mir leid«, räuspert er sich. »Gott, ich bin sowas von eine Katastrophe.«

Ich schlucke. »Da bist du nicht alleine.«

Er lacht leise und verschränkt die Arme vor der Brust. »Warum ich?«

Verwirrt runzle ich die Stirn.

»Was war so besonders an mir, dass du mit mir zusammen sein wolltest? Ich verstehe das nicht.« Er wendet sein Blick nicht von mir ab. Auch nicht, als ich mich auf den kalten Boden setze und die gegenüberliegende Wand anstarre.

Was an ihm besonders ist? Darauf gibt es keine eindeutige Antwort. Seine Art, sein Lachen, sein Charakter. Ich weiß es nicht.

Ich weiß nur, dass ich jede kleinste Macke an ihm liebe.

»Die Art wie du mich angesehen hast. Die Art wie ich mich bei dir fühle. Die Art wie du bist«, sage ich.

Reece gesellt sich zu mir auf den Boden. »Ich verstehe dich nicht«, gibt er zu. »Aber ich verstehe, was so besonders an dir ist, Holly.«

Mein Kopf dreht sich zu ihm und plötzlich sind unsere Gesichter nur noch wenige Zentimeter voneinander entfernt.

Und ich hätte niemals erwartet, dass wir uns jemals wieder so nahe sein werden.

Nicht erwartet, dass er mich jemals wieder so ansehen wird.

Nicht gewusst, dass ich jemals wieder dieses dringende Bedürfnis habe, meine Lippen auf seine zu legen.

Doch genau dieser Gedanke hat sich jetzt gerade in meinen Kopf festgesetzt und will sich nicht mehr in Luft auflösen.

»Woran denkst du?«, frage ich ihn, um meinen Gedanken aus dem Weg zu gehen. Es war nicht mein Recht so zu denken.

Kapitel 27
HOLLY || GEGENWART

Er atmet kurz hörbar aus. »Daran.«

Plötzlich lehnt er sich näher zu mir und ganz sachte legt er seine Lippen federleicht auf meine.

Und von da an sind meine Bedenken endgültig verflogen.

In meinem Kopf ist kein Platz mehr für irgendwelche Probleme. Ich kann kaum noch einen einzigen klaren Gedanken fassen.

Vielmehr ist meine volle Aufmerksamkeit auf unsere Lippen gerichtet.

Vorsicht vertieft Reece den Kuss, sodass ich kurz vergesse, wie man atmet. Ich schnappe eilig nach Luft, bevor unsere Lippen erneut aufeinandertreffen. Meine Hände legen sich automatisch auf seinen Hinterkopf und achtsam fahre ich durch sein dunkles Haar.

Verzweifelt versuche ich mir jede kleinste Berührung und jede unbedeutendste Bewegung einzuprägen.

Ich habe es vermisst.

Ich habe ihn vermisst.

Für diesen Moment ist alles andere unwichtig und alle Probleme haben sich von jetzt auf gleich in Luft aufgelöst.

Ich wusste nicht, dass ich ihn wirklich so sehr brauchte.

»Tut mir leid«, nuschelt er gegen meine Lippen, ehe wir uns schließlich voneinander lösen und er seine Stirn gegen meine legt.

»Schon okay«, hauche ich völlig benebelt von dem Kuss, während ich es langsam wage, die Augen zu öffnen. Seine hingegen bleiben geschlossen und seine Brust hebt sich unregelmäßig auf und ab.

Ich habe bis jetzt nicht bemerkt, wie weit wir zueinander gerutscht sind und obwohl es vermutlich von uns beiden alles andere als durchdacht war, fühlt es sich so normal und völlig richtig an.

Wir hätten es beide verhindern können, aber weder er noch ich wollten es.

Vermutlich war es eben vollkommen falsch in unserer Situation so zu handeln. Es macht es nur noch komplizierter.

»Ich sollte gehen«, sage ich leise.

Er schüttelt den Kopf, bleibt jedoch in der gleichen Position. »Nein, geh bitte nicht. Bleib hier«, erwidert er. »Bitte, bitte gehe nicht.«

Ich nicke stumm.

»Ich verstehe jetzt ganz sicher, was dich so faszinierend macht«, eröffnet er mir. »Holly Talisa Benson«, fügt er flüsternd hinzu.

»Woher?«, frage ich verwirrt, wobei meine Stimme kurz davor ist zu versagen. Er kann meinen ganzen Namen nicht kennen.

Er zögert, als würde es ihn selbst irritieren. »Keine Ahnung«, sagt er, öffnet seine Augen und sein Blick begegnet meinem. »Ich weiß es einfach.«

Fassungslos schaue ich ihm entgegen. Immer noch sitzen wir beide hier auf den Boden und seine Stirn ist weiterhin an meine gelehnt, doch langsam ziehe ich mich etwas zurück, um ihn besser betrachten zu können. »Du weißt es einfach?«

»Ich weiß auch, dass du Erdbeeren liebst. Frag mich nicht, woher das jetzt kommt.« Er fährt sich durch sein bereits jetzt schon unordentliches Haar und lehnt sich wieder an dem Spind, was ich ihm gleichtue.

Was passiert hier?

Reece legt vorsichtig sein Kopf auf meiner Schulter ab, als ich meine Beine ein Stück anwinkle.

Ich traue mich nicht, mich zu bewegen. So sehr möchte ich, dass dieser Moment nicht endet und alles wieder wie vor wenigen Stunden ist. Ich kann nicht sagen, wie lange wir hier schon so sitzen, doch niemand sagt ein weiteres Wort.

Wir schweigen einfach, weil keiner mehr weiß, was er sagen soll.

Ich weiß nur, dass der Kuss ein Fehler gewesen ist.

Kapitel 28
REECE || GEGENWART

Das hätten wir nicht tun dürfen.

Es fühlt sich nur so normal an, wie es sich schon lange nicht mehr angefühlt hat.

Daran kann ich mich gewöhnen.

Ein leichtes Lächeln schleicht sich auf meine Lippen. Auf die Lippen, die vor wenigen Augenblicken noch auf Hollys lagen. Ob wir das wiederholen können?

Nein, es war schon beim ersten Mal komplett falsch von mir sie so zu überrumpeln. Vielleicht wollte sie das überhaupt nicht.

Aber es hat auf einmal alles Sinn gemacht. So als wäre es nie anderes gewesen.

Ich kann mir nicht im Geringsten ausmalen, wie sie sich fühlen muss.

Und das ist meine Schuld.

»Es tut mir leid«, murmle ich.

Es ist wahrscheinlich längst zu spät, um mich zu entschuldigen. Außerdem gibt es wirklich viele Dinge für die ich mich entschuldigen muss.

»Es war dumm von mir zu denken, dass du es vielleicht auch möchtest. Ich meine ich hätte fragen sollen, ob du...«

»Scheiß drauf«, seufzt sie, bevor ihre Hand sachte mein Kinn umfasst und sie mein Gesicht sanft zu sich zieht, um zu wiederholen, was alles nur noch komplizierter macht.

Doch wie kann etwas, etwas anders kompliziert machen, wenn es so einfach erscheint? Wenn man etwas immer wieder wiederholen möchte?

»Das ist so verdammt dumm von uns«, wispert sie.

»Total dumm«, stimme ich ihr zu und konzentriere mich gleich wieder auf ihre zarten Lippen.

Erst jetzt merke ich, dass ich Holly bereits einmal verloren habe. Ich kann fühlen, wie sie mir das gibt, was mir die ganze Zeit gefehlt hat.

Und ich wusste es bis heute nicht mal.
Wie konnte mir sowas entgegen?
Ich brauche sie.
Ich darf sie nicht erneut verlieren.
Nicht schon wieder.

91

Kapitel 29
HOLLY || VERGANGENHEIT

Verschlafen kuschelte ich mich etwas enger an seine Brust, woraufhin ein raues Lachen erklang.

»Lass mich schlafen«, murmelte ich leise und war bereits kurz davor erneut in einen tiefen Schlaf zu fallen.

Mein persönliches Kissen bewegte sich vorsichtig unter meinem Kopf. »Ich muss gleich zum Training.«

Seufzend drehte ich mich von ihm weg. »Es ist Samstag und vermutlich noch zu früh um aufzustehen«, teilte ich ihm genervt mit.

Seit die Baseball Saison an unserer Schule dieses Jahr angefangen hatte, bekam ich Reece kaum noch zu Gesicht. Er hatte Verpflichtungen, das verstand ich natürlich. Ich musste ihn schließlich auch nicht jeden Tag und jede Stunde sehen, aber es wäre schön gewesen, hätten wir mal mehr als eine Stunde außerhalb der Schule miteinander verbringen können. Falls es überhaupt eine ganze Stunde war.

»Du weißt, dass ich lieber hierbleiben würde«, sagte er und ich merkte, wie er das Bett verließ. »Hier bei dir bleiben, Holly.« Ich konnte das Bedauern in seiner Stimme hören.

Ich wandte mich zu ihm und schlug die Augen auf. Mein Freund war dabei seine Schlafsachen gegen Alltagsklamotten zu tauschen. Mein Zimmer wurde durch das Sonnenlicht, was nicht von dem Vorhang abgefangen wurde, schwach beleuchtet.

»Dann bleib doch einfach hier.« Schmollend streckte ich meine Arme aus, um ihm zu verdeutlichen, dass er wieder zurück ins Bett kommen sollte. Schließlich war er bisher bei jedem einzelnen Training anwesend gewesen. Eins mehr oder weniger würde schon nicht schaden.

Schmunzelnd kam er tatsächlich zu mir, doch anstatt sich zu mir zu legen, drückte er mir nur einen kurzen Kuss auf den Scheitel, ehe er aus dem Zimmer ging und vermutlich das Badezimmer aufsuchte.

Stöhnend zog ich die Decke enger um mich, da aus dem Flur kalte Luft ins Zimmer gelang und verschanzte mich weiter ins

Kissen.

Er war ja beinahe besessen von diesem Sport. Das Team wollte dieses Jahr unbedingt unter die ersten drei kommen und Reece war ein wirklich schlechter Verlierer. Selbst bei einer simplen Runde Mensch Ärgere Dich Nicht, wo er wirklich schlecht war, tat er genau das, wovon der Name ausdrücklich abriet.

Ich wollte nicht abstreiten, dass ich keinen Drang zum Gewinnen hatte, aber ich konnte mit einer Niederlage leben. Außer eine Niederlage gegen Reece. Er würde es mir eine Ewigkeit unter die Nase reiben.

Mein Wunsch war nur, dass wir etwas mehr Zeit miteinander verbringen konnten.

War das wirklich etwas, was man mir vorwerfen konnte? Oder mich dafür verurteilen?

Ich hörte Reece´ schwere Schritte durch mein Zimmer laufen, ehe sie stoppten. »Aber du kommst heute Abend doch?«

Irritiert sah ich zu ihm auf. Er schaute von oben auf mich herab. »Ich habe dir doch gesagt, ich muss heute Abend Tessa helfen.«

»Und ich habe dir gesagt, dass heute Abend ein wichtiges Spiel ist«, schnaubte er. »Ist ja wieder typisch für dich.«

»Wie bitte?«, fragte ich empört und setzte mich aufrecht im Bett hin, sodass die Bettdecke ein Stück von mir rutschte und die freie Stelle an meinem Bauch, wo mein Top etwas verrutscht war, frei gab.

Reece lief zu seiner Tasche und suchte ein paar Sachen zusammen. »Du hörst mir doch überhaupt nicht zu. Es geht immer nur im dich.«

Okay, das brachte das Fass zum Überlaufen. Was fällt diesem Idioten eigentlich ein?

Wütend kletterte ich aus dem Bett und stellte mich mit verschränkten Armen vor ihn. »Ich hör dir nicht zu?«, fuhr ich ihn gereizt an. »Wo warst du denn in den letzten Wochen? Wie sollte ich dir dann überhaupt irgendwas von mir erzählen können?«

Er stellte seine Tasche schwungvoll auf meinem Schreibtisch ab, als ich ihm die Vorwürfe entgegenwarf. Durch zusammengekniffene Augen musterte er mich. »Du hättest ja mal zu einem Spiel kommen können.«

»Was soll ich denn bitte machen?« Ich warf aufgebracht die Arme in die Luft. »Ich hatte seit drei Monaten mit Malea diese Konzertkarten und den Geburtstag meiner Tante konnte ich auch schlecht verschieben. Soll ich mich in zweiteilen, oder was?«

»Kannst es ja mal ausprobieren«, giftete Reece mich weiter an.

»So oft kannst du doch nicht Training haben«, entgegnete ich laut. »Wer weiß, was du sonst so machst, wenn ich nicht da bin«, rutschte es mir heraus und ich biss mir auf die Zunge. Das hätte ich vielleicht nicht sagen sollen.

Er war wirklich sauer. Das erkannte ich an seinem Blick. Doch er blickte mir erst eine Weile nur stumm entgegen.

»Und was soll das jetzt heißen?«, fragte er ruhig, obwohl es in seinem Inneren brodelte.

»Wenn da eine andere ist, sagst du es mir, ja?«, gab ich kleinlaut von mir. »Ich will nicht das naive Mädchen sein, das sich von vorne bis hinten verarschen lässt.« Trauer klang in meiner Stimme mit.

Ich konnte es nicht verhindern, dass meine Lippen diese Vorwürfe verließen. Auch, wenn ich im Nachhinein bereute und wünschte es nie in den Mund genommen zu haben oder auch nur daran gedacht zu haben.

Seine Wut verschwand aus seinen Augen und etwas anderes machte sich breit. Enttäuschung.

Meine Worte hatten ihn verletzt.

Das wurde mir nun schlagartig bewusst.

»Wenn es das ist, was du von mir denkst«, kam es leise von ihm, ehe er sich seine Tasche über die Schulter warf und mir den Rücke zuwandte.

»Reece«, wollte ich ihn mit heiserer Stimme aufhalten, doch es kam nur ein kläglicher erstickender Ton aus meiner Kehle.

Er schüttelte nur fassungslos seinen Kopf und ging. Er schaute auch kein einziges Mal zu mir zurück. Er sagte kein einziges Wort mehr.

Er ging einfach.

Kapitel 30
HOLLY || VERGANGENHEIT

Ich hasste es zu streiten.

Mein Blick wanderte über den Platz zu Reece, der sich voll und ganz auf das Spiel konzentrierte. Unser Team war dabei zu gewinnen.

Er wusste nicht, dass ich hier bin.

Tessa hatte mir kurzfristig abgesagt und so beschloss ich, hier her zu kommen. Auch wenn es mich Überwindung gekostet hatte, her zu kommen. Ich wusste nicht, ob ich es wagen konnte, ihm unter die Augen zu treten. Nicht nachdem, was ich zu ihm gesagt habe.

Vielleicht wollte er mich überhaupt nicht sehen.

Vielleicht hätte ich bis morgen warten sollen.

Vielleicht sollte ich besser gehen.

Das Spiel endete in weniger als fünf Minuten. Noch konnte ich also gehen. Wahrscheinlich hatte mich nicht einmal jemand bemerkt zwischen den ganzen Menschen. Reece hätte überhaupt nicht erfahren, dass ich da war.

Vier Minuten und zweiunddreißig Sekunden.

Und da fiel sein Blick auf mich.

Jetzt war es zu spät zu fliehen. Ich schluckte. Nun wusste er, dass ich hier war.

Er hasste mich bestimmt.

Reece wandte seinen Blick von mir ab, als ein anderer Spieler ihm etwas zurief, doch sah nochmal kurz über seine Schulter, als müsste er sich vergewissern, dass ich wirklich hier war.

Wie konnte ich auch nur so dumm sein und ihm sowas vorwerfen. Er war nicht wie die anderen. Nein, das war er nicht. Eher das komplette Gegenteil.

Ich hatte ihn nicht mal annähernd verdient. Vermutlich hatte ich dies nun vollkommen zerstört.

Ich konnte nicht verstehen, wie er mich lieben konnte. Er hatte jemand so viel Besseres verdient.

Allmählich leerte sich der Platz und immer mehr Menschen verließen die Tribüne. Wir hatten gewonnen.

Die Scheinwerfer gingen nacheinander aus und ließ mich im Dunkeln auf der Tribüne zurück. Nur noch schwaches Licht drang aus der Sporthalle herüber, was mir gerade noch ermöglichte, meine eigenen Hände zu sehen.

Vermutlich kamen die ersten Spieler bereits aus der Umkleide und machten sich auf den Weg ihren Sieg zu feiern.

Neben mir ließ sich eine Person auf die Tribüne fallen. Doch weder er noch ich sagten etwas.

Wir saßen einfach stillschweigend nebeneinander und schauten in die Ferne.

Fröstelnd zog ich meine dünne Strickjacke enger an mich und ich bemerkte, dass sein Blick auf mich fiel, doch ich war nicht in der Lage ihm entgegen zu sehen,

Am liebsten hätte ich ihn einfach zu mir gezogen und meine Lippen auf seine gelegt.

Ich war ein furchtbarer Mensch.

»Hier.« Reece hielt mir eine Jacke hin.

Fragend sah ich schließlich doch zu ihm, aber er seufzte nur und legte mir selbst die Jacke über die Schultern. »Dir ist kalt«, gab er als Erklärung für seine vorherige Geste und mein Herz verkrampfte sich ein kleines Stückchen mehr.

»Tut mir leid«, murmelte ich schuldbewusst.

Er schüttelte leicht seinen Kopf. »Schon okay.«

»Ich hätte das nicht sagen dürfen.«

»Ich hätte nicht einfach gehen dürfen.«

»Ist dir nicht kalt?«, fragte ich, anstatt eine Antwort zu geben. Ich wusste nicht, was ich erwidern sollte.

Erneut schüttelte er den Kopf. »Behalt du die Jacke«, entgegnete er, als wüsste er bereits, was ich tun wollte.

Er log.

Er log nicht, um mir zu schaden. Er wollte keinesfalls riskieren, dass ich mir eine Erkältung einfing. Aber an sich selbst dachte er überhaupt nicht, obwohl ich ihm Dinge vorgeworfen hatte, die ich niemals hätte sagen sollen.

Trotz seiner Verneinung, gab ich ihm die Jacke zurück und nun lag sie auf seinen Schultern. Kurz blickte er auf mich herab, ehe er ein Arm um mich legte und mich zu sich heranzog.

»Damit uns beiden nicht kalt ist«, erklärte er und ein kleines Schmunzeln erschien für einen kurzen Moment auf seinen

Lippen. »Ich will doch überhaupt kein anderes Mädchen als dich. Du bist das Mädchen, das ich für den Rest meines Lebens haben möchte.«

Dieser Junge machte mich irre. Er konnte mein Herz zum Stehen bringen, aber es im gleichen Moment rasen lassen.

»Warum ich?« Ich konnte es mir wirklich nicht erklären.

»Weil ich verrückt nach dir bin, Holly«, flüsterte er mir zu. »Vollkommen verrückt.«

»Ich habe Angst, dich irgendwann zu verlieren, Reece«, gab ich leise zu, wobei seine Finger sich in meine verflochten. Ich wusste nicht, was ich noch ohne ihn tun würde.

»Du wirst mich niemals verlieren. Egal, was ich tue oder sage, mein Herz wird mich immer wieder zu dir führen. Und dann ist es mir egal, ob du das willst, denn ich werde immer einen Weg zu dir finden, Holly«, meinte er. »Und jeden Tag verliebe ich mich immer ein kleines Stückchen mehr in dich.«

»Was habe ich nur getan, damit ich dich in meinem Leben haben darf?«, nuschelte ich und lehnte meinen Kopf vorsichtig gegen ihn.

Vielleicht würde das hier nicht für immer halten. Vielleicht war in einem Jahr alles anders. Aber das, das wollte ich mir zu diesem Zeitpunkt gar nicht erst ausmalen.

Was wäre es nur für ein Leben ohne ihn?

Er machte die Welt zu einer Besseren. Er machte jeden Augenblick mit ihm einzigartig. Er machte mich zu dem glücklichsten Mädchen, was jemals einen Fuß auf diese Erde gesetzt hat.

Mit ihm ergab alles Sinn.

Ich wünschte mir so sehr, dass sich daran nie etwas änderte.

Vielleicht hatte ich mir genau das ja zu sehr gewünscht, sodass alles anderes kam.

Vielleicht war das Leben nicht perfekt, doch ich hätte nichts für die Erinnerungen und Momente mit Reece hergegeben. Nichts auf dieser Welt.

Ich würde niemals aufhören für all das hier zu kämpfen.

Nicht heute.

Und auch nicht morgen.

»Du bist all das, was ich brauche, Holly.«

Kapitel 31
HOLLY || GEGENWART

An Silvester ist kein Wunder passiert. Reece hatte mich nicht plötzlich um null Uhr angerufen und all seine Erinnerungen zurückgehabt. Nein, das passierte leider nicht. So bescheuert und verzweifelt es auch war, mein Blick viel nach null Uhr immer wieder auf mein Handy. Doch nie erschien dort dieser ein Name.

Silvester brachte also scheinbar keine Wunder mit sich.

Mein Blick fällt auf den geöffneten Laptop. »Brauchst du das Passwort?«

»Denke schon«, kommt es von meinem Bett aus.

Vorsichtig lasse ich mich neben ihn fallen und er schiebt mir den Laptop ein Stückchen rüber, sodass ich das Passwort eingeben kann. »Hier.«

Dankend nimmt er den Laptop erneut entgegen und öffnet nach einem kurzen Zögern den Ordner mit seinem Namen und gelingt somit zu all unseren Bildern, zu Momenten, an die er sich nicht mehr erinnern kann.

Manchmal muss man einem Wunder einen kleinen Schubs geben.

Einen leichten Schubs, der das Wunder eben zu uns bringt.

Auf dem Bildschirm wird das erste Bild im Ordner vergrößert. Grinsend sehe ich in die Kamera. Von hinten hat er seine Arme um mich geschlungen und sein Blick ist auf mich gerichtet.

»Wann war das?«

Ich wende mich von dem Bild ab und sehe kurz zu ihm.

»Letztes Jahr«, antworte ich. »Anfang Mai. Es war das erste wirklich sommerliche Wetter in diesem Jahr.«

»Und wo war das?« Reece legt seinen Kopf schief, aber sieht dabei weiterhin das Bild an. »Bei Callums Großeltern, oder?«

Ich nicke nur.

»Wir sind als Kinder so oft dort gewesen«, erzählt Reece und lächelt. »Dieses Haus würde ich überall erkennen.«

Von der Seite aus beobachte ich ihn vorsichtig. Er lächelt und scheint glücklich zu sein, wenn er die Momente aus seiner

Kindheit zurückdachte.

Warum konnte ich ihn nicht schon früher kennen? Dann hätte er wenigstens gewusst, wer ich bin. Vielleicht nicht alle Momente, die zwischen uns passiert sind, aber mich als Person. Ich wäre wenigstens ein Teil seines Lebens gewesen, an das er sich problemlos erinnern kann.

Nur ein gutes Jahr früher hätte völlig gereicht.

Ich kann jetzt nicht einmal sagen, was wir genau sind. Offiziell haben wir uns nie getrennt, aber ein Paar sind wir auch nicht. Kann man uns als Freunde bezeichnen, obwohl er mich kaum kennt?

Letztendlich läuft es auf Bekannte hinaus, nicht wahr?

»Mit wem sind wir dort alles hingefahren?«, stellt Reece die nächste Frage und schafft es so, mich von meinen vorherigen Gedanken abzuwenden.

»Bree, Nathan, Callum, du und ich«, beantworte ich ihn auch diese Frage, ehe Reece auch schon zum nächsten Bild klickt.

Ich vermisse diese Zeit.

Ich vermisse ihn.

Kapitel 32
HOLLY || VERGANGENHEIT

»Bitte lächeln.«

Schützend versuchte ich mein Gesicht hinter meiner rechten Hand zu verstecken. »Lass das, Reece.«

»Komm schon, nur ein Foto«, sagte er. »Als Erinnerung«, fügte er noch hinzu.

»Und was bekomm ich dafür?«, grinste ich und lugte vorsichtig hinter meiner Hand hervor.

»Das ist dann ganz deine Entscheidung.«

Ich nahm breit grinsend die Hand weg. »Wir verbrennen deine schreckliche Badehose.«

»Direkt hier in unserem schönen Lagerfeuer«, kam es begeistert von Callum, der nun von der anderen Seite des kleinen Lagerfeuers zu uns blickte.

Wir hatten uns neben den kleinen See, jedoch in der Nähe von dem Haus von Callums Großeltern, niedergelassen, sodass wir zwischen den Bäumen einen Blick zum Haus hatten.

»Zu spät«, teilte Reece zufrieden mit, der jetzt das Handy an Bree weitergab. »Jetzt habe ich ein Foto von meiner wunderschönen, aber dennoch schmollenden Freundin«, sagte er, ehe er sich hinter mich stellte und die Arme um mich herumschlang.

Jetzt stand Bree grinsend vor uns mit der Kamera.

»Was muss ich tun, damit du einmal für die Kamera lächelst?«, flüsterte Reece mir ins Ohr.

»Mich niemals verlassen.«

»Das würde ich niemals tun.«

Und ich glaubte ihm. Ich glaubte ihm jedes kleinste Wort, was seine Lippen verließ.

»Dann musst du jetzt auch lachen«, erinnerte mich Reece neckend.

»Du Arsch«, grinste ich.

»Ich dich auch«, erwiderte er schmunzelnd, als Bree auch schon das Foto machte.

Mittlerweile saßen Reece und ich auf einer kleinen Decke, die wir im Haus gefunden hatten. Ich hatte mich an meinem Freund angelehnt, zu meinen beiden Seiten lag jeweils eines seiner Beine und die Arme waren erneut um mich geschlungen.

Die angenehme Wärme und das leise Knistern des Feuers drang zu uns und aus der Ferne hörte man die gedämpften Stimmen unserer Freunde, die scheinbar wieder auf dem Weg zu uns waren.

Mein Blick fiel auf unsere ineinander verschränkten Hände, die auch in der Dunkelheit durch das kleine Feuer sichtbar waren.

Ich hätte alles in diesem Augenblick dafür gegeben, dass das Leben nur aus solchen Momenten bestehen würde.

Man konnte die Welt und deren Probleme in diesen Stunden einfach vergessen.

Hier war alles, was ich brauchte

Alles, was ich wollte.

»Woran denkst du?«, kam es leise von Reece.

Ich drehte mich leicht zu Reece, sodass ich zu ihm sehen konnte. »Daran, wie glücklich ich bin. Warum kann das Leben nicht immer so sein?«

Er lächelte leicht und strich mir mit der freien Hand eine meiner braunen Haarsträhnen hinters Ohr. »Ein Leben mit dir wird immer so sein, Holly. Da bin ich mir ganz sicher.« Er drückte mir einen federleichten Kuss auf die Lippen. »Ich kann mich-«, sagte er und küsste mich ein weiters Mal, »Ich kann mich so glücklich schätzen, dich in meinem Leben zu haben.«

Er wusste gar nicht, wie glücklich mich das machte. Noch immer schlug mein Herz schneller, wenn ich bei ihm war. Vermutlich würde sich das nie ändern.

»Ich liebe dich, Reece Morrison.«

Er lächelte glücklich. »Und ich liebe dich, Holly Benson.«

»Kommt ihr?«, erklang plötzlich eine Stimme und Nathan guckte fragend zu uns. Ich hatte überhaupt nicht gemerkt, dass er und die anderen beiden wieder hier waren.

»Wohin?«, fragte Reece verwirrt und sprach so auch die Frage aus, die sich mir in meinem Kopf stellte.

»Schwimmen«, entgegnete Bree, die auf den Stapel Handtücher in ihren Armen aufmerksam machte.

Keine fünf Minuten später standen wir am Rand des Sees.

»Das ist bestimmt eisig«, überlegte ich laut.

»Ja und«, meinte Callum, fing an seine Schuhe auszuziehen und war innerhalb weniger Sekunden später im See.

»Scheiß drauf.« Auch ich schlüpfte aus meinen flachen Schuhen und zog mir das Sommerkleid über den Kopf.

Lachend folgten Bree und ich, da wir die letzten außerhalb des Wassers waren, den Jungs in den See.

Das kalte Wasser umschloss erst meine Füße und meine Knöchel, schließlich meine Beine und ehe ich mich versah ging mir das Wasser bis zur Taille.

»Wenn ich morgen krank bin, ist das eure Schuld«, warf ich meinen Freunden an den Kopf.

»Ist klar«, kam es von meiner besten Freundin und spritzte Wasser zu mir.

Reflexartig drehte ich mich weg, doch kurz darauf erreichte das Wasser auch Brees Gesicht.

»Ups.« Unschuldig zuckte ich mit den Schultern und landete prompt in einer Wasserschlacht.

Schnell versuchte ich zu flüchten, doch ein Arm legte sich um meine Taille und Reece zog mich an sich.

»Jetzt«, rief er und ich wurde nur so von Wasser überschüttet, während Reece lachend den Kopf weggedreht hatte, um sich selbst zu schützen.

»Reece«, wollte ich mich beschweren, doch Wasser gelang in meinen Mund. »Das wirst du gleich bereuen«, fuhr ich fort, als ich wieder sprechen konnte.

Er nahm sich allerdings nichts von meinen Worten an, sondern drehte mich nur zu sich, strich vorsichtig Wasser von meinen Wangen ab und sein liebevoller Blick ließ mich schon meine vorherigen Worte vergessen.

Ein Grinsen schlich sich auf seine Lippen. »Vielleicht morgen.«

Kapitel 33
HOLLY || GEGENWART

Immer wieder drückt Reece auf ein neues Bild von uns. Immer wieder sind es Moment, die ich erkenne, doch an die er sich nicht erinnern kann.

Manchmal überlege ich, ob ich vielleicht aufhören soll zu hoffen, dass alles wie vorher wird. Mir bleibt nur noch die Chance, ihm so viel wie möglich zu zeigen und zu erzählen.

Ich kann aber nicht aufhören zu hoffen, dass er sich wenigstens an einen Bruchteil von etwas erinnert. Was bleibt uns sonst noch übrig, als zu hoffen?

Immer und immer wieder zu hoffen.

Auch wenn man enttäuscht wird. Mehr enttäuscht wird, als man als einzelner Mensch eigentlich ertragen kann.

»Ich wünschte, dass ich mich an all das erinnern könnte«, sagt er nach einer Weile und das Bedauern aus seiner Stimme dringt zu mir.

»Das wünsche ich mir auch«, gebe ich leise zu. Das ist ja auch nicht zu übersehen. Es tut immer wieder weh zu wissen, dass unsere Erinnerungen nur noch meine sind und wir sie uns nicht mehr teilen.

»Es tut mir leid, Holly.« Er sieht traurig zu mir.

Ich halte seinem Blick stand. »Was tut dir leid?«

»Alles«, erwidert er leise. »Du hättest etwas Besseres verdient. Es tut mir so leid, dass ich dich in diese Lage bringe.«

Krampfhaft zieht sich mein Herz zusammen. Er soll sich nicht entschuldigen. Nicht dafür.

Vielmehr muss ich mich entschuldigen, dass ich ihm am Anfang aus dem Weg gegangen bin. Ich hätte bei ihm sein müssen.

Aber es tat so weh.

»Hör auf.« Ich schüttle den Kopf. »Hör auf sowas zu sagen. Es ist doch nicht deine Schuld, dass es passiert ist. Obwohl es passiert ist und du dich nicht an mich erinnern kannst, sitzt du trotzdem hier, hier bei mir.«

Er wendet seinen Blick schmerzverzerrt von mir ab und sieht zur Seite. Es zerreißt mich ihn so zu sehen.

Ich lege meine Hand auf seine, die neben mir auf dem Bett liegt. »Das ist mehr, als ich jemals verlangt hätte.«

Sein Blick geht zu unseren Händen. »Vielleicht solltest du mich einfach aufgeben. Vielleicht wärst du bei jemand anderem glücklich.«

»Ich bin glücklich.«

Er sieht wieder zu mir. Ich glaube zu sehen, dass seine Augen wässerig werden. »Woher weißt du das? Ich mache doch immer alles nur kaputt.«

»Du bist der einzige Mensch bei dem ich sein möchte und du bist hier bei mir. Auch wenn nichts mehr ist, wie es war, werde ich nicht aufgeben«, antworte ich ihm. »Es sei denn, dass es das ist, was du möchtest.«

Reece schüttelt den Kopf. »Nein, das möchte ich nicht.«

Erleichtert atme ich auf. Ich hatte Angst vor seiner Antwort, denn es hätte das Ende für uns bedeuten können. »Und was möchtest du?«, frage ich vorsichtig.

Vielleicht würde er sich eines Tages erinnern und wir könnten dort weiter machen, wo wir auseinandergerissen wurden.

Ich habe Angst, dass er jetzt nicht mehr die gleichen Gefühle für mich hat wie vor dem Unfall und ich ihm zu etwas dränge, was er überhaupt nicht möchte.

Wahrscheinlich mache ich nur einen Fehler nach dem anderen.

Aber ich möchte ihn nicht verlieren.

Ich kann ihn nicht für immer verlieren.

Doch was ist, wenn ich genau das schon längst getan habe.

Woher soll ich wissen, dass er für mich noch immer etwas empfindet, obwohl er mich kaum kennt und sich einfach nicht an uns erinnern kann?

»Ich weiß es nicht«, antwortet er mir nach einiger Zeit.

Ich nicke nur.

Nachdenklich kaut er auf seiner Unterlippe, ehe er seinen Kopf sachte auf meine Schulter legt. »Mich erinnern. Ich möchte mich einfach nur erinnern, Holly.«

Ich schlucke. »Ich weiß.«

Das würde so vieles einfacher machen, als es jetzt ist.

Kapitel 34
REECE || GEGENWART

Ich muss es weiter versuchen.

Ich muss es für sie weiter versuchen.

Wie genau ich das machen werde, weiß ich nicht. Jedenfalls noch nicht ganz.

Was ich jedoch weiß ist, dass sie im Moment der einzige Mensch ist, bei dem ich mich nicht wie jemand anders fühle, als ich eigentlich bin. Ich kann einfach mit ihr reden und sie versteht mich, obwohl uns nicht das gleiche passiert ist.

Dennoch verbindet uns etwas, was ich nicht beschreiben kann. Und genau das darf ich auf keinen Fall verlieren.

Sie lässt mich etwas ganz Besonderes fühlen und mit jedem Mal wird das Gefühl etwas stärker.

»Hier«, unterbricht Bree mich und wirft mir einen USB-Stick auf den Tisch, der nach einigen Zentimetern rutschend vor mir anhält. »Alle Videos, die Nathan, Callum, ein paar andere Leute und ich aus dem letzten Jahr gefunden haben.«

Ich nehme den kleinen blauen Stick zwischen meinen Daumen und Zeigefinger und betrachte ihn einen Moment lang. »Danke, Bree.«

Nachdem ich vorgestern von Holly kam, habe ich Bree angeschrieben, ob sie eine Möglichkeit wüsste meinen Erinnerungen auf die Sprünge zu helfen. Mir war klar, dass das weder Callum noch Nathan geschafft hätten. Dafür sind sie einfach zu unorganisiert und chaotisch. Also fiel meine Entscheidung ziemlich schnell auf Bree.

Vielleicht hilft es mir ja, wenn ich Dinge aus dieser Zeit sehe und erfahre. Selbst wenn es nur Kleinigkeiten oder scheinbar unbedeutende Momente sind. Vielleicht setzt sich ja nach und nach alles zu einem einzigen Puzzle zusammen.

»Meinst du der Computerraum ist offen?«, frage ich Bree nachdenklich. Jetzt, wo ich ein Teil meinen Erinnerungen in meinen Händen halte, will ich sie unbedingt sehen.

Kopfschüttelnd bekomme ich die Antwort auf meine Frage, während sie sich an den Tisch vor meinen setzt. »Außerdem sind es nur noch ein paar Minuten bis die Stunde anfängt.«

Gehetzt kommt Nathan in den Raum und schmeißt seinen Rucksack gegen den Tisch zu meiner linken Seite, wo er sich schwer atmend fallen lässt.

Irritiert blicken wir zu ihm.

»War der Lehrer schon hier und ist die Anwesenheitsliste durchgegangen?«

Automatisch schütteln wir beide den Kopf, woraufhin mein bester Freund erleichtert seufzt.

»Wenn ich diese Woche nur einmal zu spät komme, lassen mich meine Eltern nie wieder alleine im Haus«, teilt er uns mit, ehe er sich etwas gelassener auf seinem Stuhl zurücklehnt. »Die sind erst für zwei Tage weg und zweimal ging mein Wecker nicht.«

»Oder er ging kein zweites Mal, weil du ihn schon vorher einmal ausgemacht hast«, erwidert Bree grinsend und legt einen ihrer Collegeblöcke auf ihren Tisch.

»Das ist mir nur gestern passiert«, entgegnet Nathan nüchtern.

»Sag ich doch«, kommt es leise von Bree, die nun ihren Blick nach vorne gewandt hat.

Nathan lehnt sich ein Stückchen zu mir. »Das eine Video darfst du auf keinen Fall falsch verstehen, okay?«

Verwirrt nicke ich. »Okay.« Jetzt will ich wirklich wissen, was auf diesem Stick ist. »Welches Video?«

»Das wirst du dann sehen«, murmelt er und wirft einen kurzen Blick zu Bree, die uns gar nicht mehr beachtet. »Vielleicht hat sie es auch gesehen, bevor sie alles auf den Stick kopiert hat. Ich habe es nämlich zu spät gesehen, als ich es ihr geschickt habe.«

Bree dreht sich plötzlich zu uns. »Du hast mir was geschickt?«

Mit gehobener Augenbraue sehe ich zwischen meinen beiden Freunden hin und her. Wovon reden sie?

Verteidigend hält Nathan seine Hände in die Luft. »Es war ein kleines Versehen. Dir hätte es ja auch auffallen können.«

»Ein Versehen«, entgegnet sie schnippisch auf seine Aussage hin. »Bist du von allen guten Geistern verlassen?«

Nathan seufzt und lässt seine Hände schwungvoll fallen. »Ist ja gut. Kann man ja eh nicht mehr ändern.«

Okay, was habe ich verpasst? Weiß jemand davon außer den beiden und wer hat dann das besagte Video gemacht?

»Würdest du mir den Stick vielleicht nochmal geben, Reece?«, lächelt Bree und streckt mir ihre rechte Hand entgegen, die nun ruhig in der Luft zwischen uns schwebt.

Ich könnte ihr den Stick geben, aber ich möchte wirklich wissen, was man hier versucht vor mir zu verheimlichen.

»Nein«, sage ich also und grinse sie entschuldigend an. »So schlimm kann es schon nicht sein.«

Sie verdreht die Augen und dreht sich beleidigt auf ihren Stuhl wieder nach vorne. »Das war das einzig Positive daran, dass du dich nicht erinnern kannst und uns nicht mehr damit aufziehen kannst.«

Also wusste ich es bereits einmal.

Kapitel 35
HOLLY || GEGENWART

»Wusstest du, dass Bree und Nathan etwas miteinander hatten oder noch haben?«

Ich setzte einen schockierten Blick auf, während ich ein Buch aus meinem Spind nehme und meinen gesamten Rucksack hineinstopfe. »Was? Bree und Nathan?«

»Du wusstest es«, kommt prompt die enttäuschte Antwort.

Achtsam schließe ich meinen Spind, der erst heute Morgen von dem Hausmeister repariert wurde. »Natürlich wusste ich es. Bree ist meine beste Freundin.«

»War ja klar.«

Ich blicke zu ihm. »Du wusstest es auch mal. Schließlich hast du das Video gemacht«, sage ich. »Ich schätze, du hast es gesehen?«

Reece nickt nur, doch sein Nicken verwandelt sich in kürzester Zeit in ein fassungsloses Kopfschütteln.

»Komm schon, das ist doch offensichtlich«, grinse ich ihn an und lehne mich, mit dem Spanischbuch vor die Brust gedrückt, gegen den Spind.

Es ist fast schon unheimlich, wie normal wir uns miteinander unterhalten. Aber es tut gut zu wissen, dass wenigstens ein Teil von uns langsam zu uns zurückkommt.

Scheinbar hängt nicht alles von seinen Erinnerungen ab und dafür bin ich dem Leben ausnahmsweise dankbar.

»Ich habe wirklich das Video gemacht?«, spricht er mich auf den hinteren Teil meiner vorherigen Aussage an.

»Ja, hast du«, nicke ich. »Die beiden haben dich danach gehasst«, lache ich. »Du wolltest eigentlich mein Tanztalent aufnehmen, um mich davon zu überzeugen, dass es nicht vorhanden ist und als ich vor dir geflüchtet bin, bist du mir hinterher, hast mich in der Menge verloren und unsere lieben Freunde vorgefunden.«

»Er hat es gesehen?«

»Sí«, antworte ich schmunzelnd, als Bree sich genervt durch die langen Haare geht und Reece sich neben mir an den benachbarten Spind lehnt.

Auch Nathan gesellt sich zu uns und sieht fragend in die Runde.

»Hat er?«

»Hat er«, bestätigt Bree und sieht kurz über die Schulter, ob jemand in der Nähe ist und blickt dann wieder zu Reece. »Wehe du verlierst ein einziges Wort zu jemanden darüber oder nervst mich damit, kapiert?«

Hin und wieder ist noch etwas zwischen Bree und Nathan, aber keiner will darauf angesprochen werden und keiner will es wirklich einsehen. Ich erwähne es natürlich nur gelegentlich in manchen Situationen. Der Blick der beiden war immer wieder äußerst lustig.

»Eine Frage hätte ich da noch«, sagt Reece vorsichtig und ich muss mir ein winziges Grinsen verkneifen, als Bree ihm einen warnenden Blick zuwirft. »Läuft das noch?«

»Reece!«, atmet Bree deutlich hörbar aus. »Kannst du es nicht einfach wieder vergessen?«

»Oh, nicht noch einmal«, widerspricht Reece, woraufhin ich ihn mit meiner Schulter leicht von der Seite anstupse. »Was?«, fragt er mich mit hochgezogener Augenbraue.

»Jetzt lass die beiden doch in Ruhe«, meine ich schmunzelt und sehe zu Reece hoch, der mein Grinsen erwidert.

»Danke, Holly«, ertönt es zufrieden von Nathan.

Mein Grinsen wird breiter. »Die beiden können doch nichts dafür, dass sie sich lieben.«

Ein genervtes Schnauben kommt von Bree, ehe sie sich einfach von uns anwendet, Nathan mit sich zieht und gemeinsam mit ihrem Liebsten den Flur entlang geht.

Ich gebe ihnen noch einen Monat, obwohl ich das auch breites vor einem Jahr gedacht habe. Reece und ich haben sogar Wetten darüber abgeschlossen.

Theoretisch hat er die Wette noch nicht verloren. Er hat auf irgendwann in diesem Jahr gewettet. Vermutlich noch vor den Sommerferien.

Vielleicht wird er dabei Recht haben.

Kapitel 36
REECE || VERGANGENHEIT

»Das ist echt mies, Schatz«, lachte ich und schmollend sah Holly zu mir, während sie zu mir kam und ihre Arme auf jeweils einer Seite neben meinem Kopf auf meine Schultern ablegte.

»Das kannst du doch gar nicht beurteilen, Reece«, beschwerte sie sich, doch ich legte nur meine Lippen sachte auf ihre.

Ein leichtes Vanillearoma machte sich in meinen Mund bemerkbar. Sie liebte ihren Labello mit Vanillegeschmack und ich liebte sie. Ich liebte sie mehr als alles andere.

Niemals hätte ich auf ihre federleichten Küsse verzichten können und auch nicht auf Holly.

Was würde ich nur ohne sie machen?

Wie würde ich ohne sie richtig leben?

»Du kannst trotzdem nicht tanzen«, murmelte ich grinsend, woraufhin sie sich prompt von mir löste.

»Du Arsch«, sagte sie und schlug mir spielerisch auf die Brust, ehe sie wieder ihren Körper zu dem Rhythmus der Musik bewegte.

Okay, sie konnte tanzen, aber das musste man ihr ja nicht unter die Nase reiben, sonst konnte meiner Freundin nämlich für ein paar Tage ziemlich arrogant werden.

»Ich beweise es dir«, schlug ich vor und holte mein Handy aus der Hosentasche, woraufhin ich die Kamerafunktion öffnete.

Mit großen Augen sah sie mich an. »Das kannst du vergessen, mein Freund.« Schon war sie zwischen den Leuten verschwunden und ich versuchte sie vergeblich in der Menge zu finden.

»Bree? Nathan?«, irritiert blieb ich stehen, während meine Freunde geschockt voneinander ein paar Schritte Abstand nahmen.

»Reece, das ist alles ganz anders«, begann Nathan panisch und blickte zwischen Bree und mir hin und her, während Brees Blick auf mein Handy fiel.

Und was war daran anderes, als das, was ich sah?

Mit zusammengekniffenen Augen mustert Bree mich. »Lösch es.«

Nun sah ich auf mein Handy herab und drückte prompt auf die Taste, wo die Aufnahme gestoppt wurde.

»Vielleicht«, erwiderte ich knapp und verschwand eilig aus ihrem Sichtfeld.

Damit hatte ich wirklich nicht gerechnet. Das mussten sie mir dringendes erklären.

Wo ist Holly?

In der Küche fand ich sie schließlich und übergab ihr wortlos mein Handy, während sie mich verwirrt musterte. »Was ist das?« Sie zeigte auf mein Display.

Ich startete einfach das Video, ohne ihr eine konkrete Antwort auf ihre Frage zu geben. »Guck einfach.«

Holly wartete einige Sekunden und blickte mich dann mit offenem Mund an, was sich allerdings schnell in ein Grinsen verwandelte. »Das darfst du auf keinen Fall löschen.«

»Auf keinen Fall«, bestätigte ich nickend, als sie mir das Handy zurückgab.

Kapitel 37
HOLLY || GEGENWART

»Was hast du jetzt?«, frage ich, drücke mich von dem Spind ab und drehe mich zu Reece.

Es ist für mich immer noch etwas surreal, dass wir hier einfach ganz normal auf dem Flur unserer High School stehen und über belanglose Sachen reden.

»Geschichte, glaube ich«, antwortet er und stößt sich ebenfalls ab, sodass er nun etwas weiter vor mir steht und die Entfernung innerhalb von Millisekunden zwischen uns verringert hat. »Und du?«

Wie automatisch halte ich mein Buch höher. »Spanisch.«

»Das liegt ja ganz in meiner Richtung«, stellt er fest und seine Lippen ziert ein gewisses Lächeln. Alles war so normal.

»Tut es«, lächle ich. »Begleitest du mich?«

Er legt den Kopf schief. »Komisch, das Gleiche wollte ich dich auch fragen.«

»Komisch«, hauche ich leise, drehe mich schwungvoll von ihm weg und mache mich glücklich auf den Weg zu meinem Raum.

Schnell holt Reece zu mir auf und ehe ich mich versehen kann, hat er seine Hand sachte mit meiner verschränkt.

Kann nicht jeder Tag wie heute sein?

So völlig normal.

Beinahe schon wie früher.

Kapitel 38
REECE || GEGENWART

»Reece, du sollst deine Schuhe nicht mitten im Weg liegen lassen.«
Mackenzies Stimme hallt bis zu mir ins Zimmer hinauf durch das
ganze Haus.

Ich seufze, schwinge die Beine über die Bettkante und stehe
von meinem Bett auf, um mich nach unten zu begeben.

Seit einigen Wochen ist die Schonfrist meiner Familie um und
so langsam kehrt Normalität zurück. Der Unfall ist mittlerweile
auch fast ein Jahr her und es wird Zeit, dass ich mich wieder
einigermaßen normal fühlen kann.

Manchmal kann ich mich auch so fühlen, wenn ich bei einer
bestimmten Person bin. Ich weiß nicht, wie ich es beschreiben
soll. Es fühlt sich einfach so gut und unkompliziert an, obwohl es
eigentlich das Gegenteil ist.

Am unteren Ende der Treppe steht eine wütende Mackenzie,
die in der einen Hand meine Schuhe hält und die andere in die
Hüfte stemmt. Abwartend tippt ihr rechter Fuß im gleichmäßigen
Takt auf dem Boden auf und ab. »Deine Schuhe.«

Ich schlendere die Treppe hinunter und nehme ihr das Paar
Schuhe aus der Hand. »Die liegen doch überhaupt nicht auf dem
Boden«, grinse ich, als ich an meiner Schwester vorbei schlendere,
ehe ich meine Schuhe ins Schuhregal stelle.

»Ich brauche übrigens heute Abend dein Auto«, teilt Mackenzie
mir mit und geht somit überhaupt nicht auf meinen vorherigen
Kommentar ein.

Ich drehe mich zu ihr. »Was? Nein, das brauche ich gleich. Was
ist denn mit deinem Wagen?«

Sie zuckt mit den Schultern. »In der Werkstatt.«

»Kannst du das, was du machen musst, nicht morgen machen?«,
will ich wissen. »Ich brauche das Auto wirklich. Und was ist mit
dem Auto von Mom oder Dad?«

Mackenzie setzt sich auf die unterste Stufe der Treppe. »Die
sind beide noch arbeiten und kommen erst zu spät wieder«, sagt
sie. »Ich wollte zu Steven«, lächelt sie leicht.

Ich setze mich zu ihr auf die Treppe. »Holly kommt gleich

vorbei. Ich wollte mit ihr eigentlich etwas essen gehen.«

»Holly?« In ihrem Gesicht hebt sich eine Augenbraue. »Seit wann?«

Ja, seit wann eigentlich? Vielleicht kann ich mich nicht mehr an alle Momente erinnern, die zwischen uns passiert sind, aber diese Erinnerungen brauche ich nicht, um zu wissen, was ich empfinde.

Es ist nicht das Wissen, dass wir bereits einmal zusammen waren, was mich so an ihr fasziniert, sondern ihre Art, ihr Lächeln und die Dinge, die sie mich fühlen lässt.

»Ich weiß nicht«, gebe ich zu. »Keine Ahnung, wann genau das passiert ist. Und Steven? Wann genau ist das passiert?«

Ihr Lächeln wird breiter. Es ist schön, dass meine Schwester glücklich ist. Sie hat Glück in ihrem Leben mehr als verdient, nachdem sie sich solche Sorgen um mich gemacht hat, immer für mich da war und sich immer um mich kümmert hat.

»Schon etwas länger«, erzählt sie nun. »Keine Ahnung, ob das hält, aber im Moment fühlt es sich richtig an und das ist doch die Hauptsache, oder?«

Ich nicke langsam. »Ich denke schon.«

Vermutlich ist dieses Gefühl, das was wir alle fühlen wollen und für das wir alles geben würden.

Aber vielleicht haben wir ja beide nun genau das in unserem Leben gefunden.

»Also bekomme ich das Auto?«, kommt es plötzlich von Mackenzie und sie grinst mich scheinheilig an.

»Natürlich.«

»Danke, Bruderherz«, erwidert sie schnell und legt dann ihren Kopf auf meiner Schulter ab.

Mein Kopf legt sich automatisch auf ihren und so sitzen wir einfach eine Weile auf dieser einen Stufe.

Als Kinder hatten wir das oft gemacht. Es war beinahe schon eine Tradition. Immer wenn wir uns etwas zu erzählen hatten, saßen wir hier.

Genau wie wir es jetzt tun. Unsere kleine Tradition. Das haben wir eine Ewigkeit nicht mehr gemacht und ich habe das hier wirklich vermisst. Vermutlich sollten wir das öfters machen.

Wie früher.

»Dafür beschwerst du dich aber den nächsten Monat nicht über meine Schuhe«, unterbreche ich nach einer Weile die Stille in diesem Flur.

Sie lacht. »Natürlich.«

Vielleicht wird morgen alles wieder normal.

Ja, vielleicht morgen.

Es ist schließlich schon auf dem besten Weg dorthin.

Kapitel 39
HOLLY || GEGENWART

»Holly, wohin gehst du?« Dad kommt zu mir in den Flur, lehnt sich an den Türrahmen des Wohnzimmers und sieht fragend zu mir.

Ich schlüpfe in meinen zweiten Schuh hinein. »Zu Reece.«

Er legt besorgt seinen Kopf etwas zur Seite. »Wie geht es dir damit?«

»Das fragst du mich ständig, Dad«, sage ich und lasse mich auf die vorletzte Stufe unserer Treppe fallen.

»Ich mache mir doch nur Sorgen um meine Lieblingstochter«, sagt er und setzt sich zu mir.

»Du hast nur eine Tochter«, entgegne ich und stoße ihn leicht mit der Schulter gegen seine Schulter.

Er grinst. »Wer weiß.«

Ich lächle leicht. Ich habe wirklich Glück mit meinen Eltern und ich würde sie für nichts auf dieser Welt eintauschen. Auch, wenn ich das ihnen vielleicht nicht so oft sage, wie ich es eigentlich sollte.

»Es wird besser«, beantworte ich ihn nun seine Frage, wie es mir geht. Tatsächlich ist das die Wahrheit.

Zwischendurch war ich versucht aufzuhören, zu hoffen und zu kämpfen. Doch mittlerweile ist mir klar, dass es nicht seine Erinnerungen sind, die Reece ausmachen. Es ist er und es war schon immer einfach nur Reece.

»Das freut mich zu hören«, sagt er aufrichtig. »Und was gibt es sonst noch, was ich vielleicht wissen sollte?«

»Eigentlich nichts«, überlege ich und sehe auf die Uhr. »Und bei dir?«

Dad lacht und erhebt sich von der Stufe. »Bei mir auch nichts. Sollte es etwas geben, wirst du es als erstes wissen.«

»Gleichfalls«, erwidere ich grinsend und lasse mir von Dad, der mir seine Hand entgegenstreckt, aufhelfen.

Gerade als ich durch die Tür nach draußen möchte, werde ich aufgehalten. »Denk dran, wenn etwas ist, kannst du immer zu uns kommen.«

Kurz bleibe ich stehen und blicke ihm entgegen, ehe ich noch einmal zu ihm gehe und ihn umarme. »Danke, Dad. Für einfach alles.«

»Du bist unsere Tochter. Dafür brauchst du dich nicht bedanken.«

Ich nicke, als ich mich von ihm löse. »Doch, eigentlich schon.«

Gerade in den letzten Monaten bin ich meinen Eltern wirklich dankbar, dass sie einfach nur für mich da sind, wenn ich sie brauche. Vermutlich kennen sie mich manchmal besser, als ich es selbst tue.

Mein Klingelton unterbricht meine vorherigen Gedanken und während ich die Haustür hinter mich zu ziehe, nehme ich den Anruf an. »Hey, was ist los?«

»Kannst du bitte kommen?«, kommt es leise schniefend durch den Lautsprecher im Handy. »Also nur wenn du Zeit hast«, wird eilig zu der Frage hinzugefügt.

Sofort nehme ich einen anderen Weg, als ich es zuvor geplant habe. »Ich bin auf dem Weg.« Sobald ich aufgelegt habe, gebe ich Reece kurz mit einer Nachricht Bescheid. Er soll nicht auf mich warten. Vielleicht schaffe ich es heute auch überhaupt nicht. Bree ist in diesem Moment erstmal wichtiger. Ich kann nicht sagen, wann ich sie das letzte Mal so aufgelöst gesehen habe, wie sie es jetzt ist.

Bei Bree steht die Tür offen. »Bree?«, rufe ich vorsichtig, trete langsam ins Haus hinein und ziehe die Tür hinter mir zu. »Hallo?«

Im Wohnzimmer finde ich sie schließlich. Zusammen-gekauert sitzt sie auf dem Boden, mit dem Rücken an der Couch und ihr Blick ist stur auf den ausgeschalteten Fernseher gerichtet.

Stumm gehe ich zu ihr und setzte mich einfach zu ihr auf dem Boden. Eine Weile lang sagen wir nichts, schweigen uns einfach an.

»Mein Dad hat meine Mom betrogen«, kommt es leise von meiner besten Freundin. »Oder betrügt sie noch immer. Ach, keine Ahnung.«

Ich sehe zu ihr. »Seit wann weißt du es?«

Von Bree kommt ein erstickendes Lachen. »Nicht mal eine Stunde. Sie wollte gerade gehen, als ich durch die Tür hineinkam. Wer weiß, wie lange das schon geht. Ich glaube, ich will es gar nicht wissen.«

»Also weiß deine Mom nichts davon?«, frage ich.

Schweigend schüttelt sie den Kopf. Natürlich weiß sie nichts davon.

Für Bree waren ihre Eltern schon immer ihre Vorbilder und sie sind ihr wirklich wichtig. Das braucht sie auch nicht laut sagen. Man merkt es daran, wie sie über sie spricht, oder über sie gesprochen hat. Es muss schwer für sie sein, dass innerhalb von ein paar Minuten dieses Bild vollkommen zerstört wurde.

»Wie soll ich ihr das bloß sagen?« Fassungslos legt sie ihren Kopf auf ihre Knie und atmet schwer aus.

»Vielleicht sagt dein Dad es ihr ja«, überlege ich.

Sie blickt langsam wieder auf. »Ja, vielleicht. Ich kann ihn nur nicht verstehen. Ich will ihn nicht verstehen. Warum tut er sowas?« Eine Träne rollt über ihre Wange. »Wie kann er nur?«

»Keine Ahnung«, gebe ich zu, als sie sich etwas an mich lehnt und für einen kurzen Moment die Augen schließt.

»Können wir irgendwas machen, Holly? Irgendwas, was Spaß macht? Ich will hier nicht herumsitzen und stillschweigend abwarten, was passiert«, sagt sie und öffnet wieder die Augen. »Ich kann auch keinen von beiden gerade gegenübertreten. Besonders Dad nicht. Seine erste Reaktion war, dass ich es niemanden erzählen soll und er es gerade beenden wollte. Ihr hinterhergerannt ist er trotzdem.«

Bree steht auf und sieht fragend zu mir. »Also machen wir irgendwas, das Spaß macht?«

Ich nicke. »Dann lass uns etwas Spaß haben.«

Dann wollen wir mal hoffen, dass das nicht nach hinten losgeht.

Kapitel 40
HOLLY || GEGENWART

Kritisch schaue ich aus dem Fenster des Autos. »Hast du nicht gesagt, du möchtest etwas machen, was Spaß macht?«

Bree grinst. Ihre Trauer ist schon verschwunden. Jedenfalls zeigt sie ihre Gefühle nicht nach außen. »Jetzt lass uns doch erstmal rein gehen.«

Wir steigen aus dem Auto und mein Blick fällt kurz vor dem Gebäude nochmal auf das kleine Schild was an der Wand hängt. *Bingo. Immer Samstags.*

Ich seufze. »Bree, ich habe dich ja wirklich lieb, aber Bingo? Ich meine, Bingo?«

Lachend drückt sie gegen die Tür und wartet bis ich zu ihr aufschließe, um schließlich gemeinsam mit mir in das Gebäude hinein zu laufen. Schon bevor wir in den Raum hineingehen, auf den Bree zusteuert, erblicke ich drei bekannte Köpfe. Nathan, Callum und Reece sitzen an einen der Tische und unterhalten sich lachend.

»Fünf Euro, dass ich gewinne«, sagt Nathan, als wir an dem Tisch ankommen.

Callum überlegt kurz, doch schlägt dann ein. »Das glaubst du doch selbst nicht.«

Ich setze mich auf den freien Platz neben Reece, während Bree sich ein Stuhl heranzieht und sich auf die Seite zu Nathan und Callum setzt.

Reece lehnt sich etwas zu mir, als er meinen fragenden Blick sieht, was er und die Jungs hier machen. »Wenn du nicht zu mir kannst, komme ich eben zu dir.«

Ich schmunzle ihn an. »Was für ein Stalker«, flüstere ich zurück, während er unter dem Tisch vorsichtig nach meiner Hand greift und diese sachte mit seiner umschließt.

»Kannst du mir das übel nehmen?«, fragt er grinsend, ehe unsere Freunde sich auffällig räuspern und wir ihnen unsere Aufmerksamkeit schenken.

Bree deutet abwechselnd mit dem Zeigefinger auf uns. »Was ist das zwischen euch?«

Ich blicke zu Reece. Was ist das zwischen uns? Um ehrlich zu sein, ich weiß es nicht. So wirklich haben wir uns darüber noch nicht unterhalten. Ich weiß nur, dass sich in der letzten Zeit einiges zwischen uns verändert hat.

Ich bin längst keine fremde Person mehr für ihn.

Reece erwidert meinen Blick. Wir wissen beide nicht, was wir antworten sollen. Schließlich haben wir bisher noch nicht so ganz darüber geredet. Vielleicht sollten wir das in den nächsten Tagen ändern. Ja, vermutlich sollten wir das.

Als Antwort zucke ich nur verlegen mit den Schultern. Ich will nicht mit anderen Leuten darüber reden, wenn ich es noch nicht mit Reece getan habe. Auch wenn es unsere Freunde sind, sollten wir es zuerst untereinander klären.

»Können wir irgendwo reden?«, frage ich leise, als die Aufmerksamkeit von Bree und den anderen nicht mehr auf uns liegt.

Reece nickt und sieht auf unsere Hände, die auf meinem Oberschenkel liegen. »Das sollten wir wohl.«

»Das sollten wir«, bestätigte ich und wende mich dann an unsere Freunde. »Reece und ich gehen kurz an die frische Luft.«

Bevor wir unsere Plätze verlassen, sehe ich nochmal Bree fragend an. »Ist das okay?«

Sie lächelt. »Natürlich. Klärt, was ihr zu klären habt. Außerdem sind ja die beiden Idioten noch hier.« Bree deutet auf Callum und Nathan, die bestätigend nicken.

Die frische Luft ordnet auch nicht meine Gedanken, die mir du den Kopf wirren.

Ich habe die Beine ausgestreckt und habe den Blick stur auf meine Schuhe gerichtet. Wir haben uns auf eine schmale Holzbank vor dem Gebäude niedergelassen.

»Wir wissen beide, dass da mehr als eine Freundschaft ist«, unterbricht Reece plötzlich die Stille, sodass ich bei dem Klang seiner Stimme zusammenzucke.

Ich nicke nur.

Er lacht leise. »Vermutlich war es auch vorauszusehen.«

Leise stimme ich in sein Lachen ein. »Vermutlich.«

Wieder entsteht ein Schweigen zwischen uns. Wir sollten reden, aber wie fängt man so ein Gespräch an? Mein Kopf ist voller Gedanken, doch die Gedanken kann ich einfach nicht aussprechen.

Erneut ist es Reece, der unser Schweigen mit einem Räuspern unterbricht. Ich wende mein Blick von meinen Schuhen ab und sehe zu Reece.

Sein Blick begegnet meinen.

»Ich glaube, ich habe mich in dich verliebt, Holly«, kommt es von Reece und mein Herz setzt für einen Moment aus. »Schon wieder. Ich würde es vermutlich immer wieder tun. Ich würde mich vermutlich immer wieder in dich verlieben, Holly.«

Was ist, wenn vielleicht morgen, heute ist.

Vielleicht ging es nie darum, dass er all seine Erinnerungen zurückbekommt.

Vielleicht ging es einzig und allein nur um diesen kleinen unscheinbaren Moment.

Kapitel 41
HOLLY || GEGENWART

Manchmal ist das Leben für einen Moment perfekt, sodass es überhaupt nicht echt sein kann. Mir fehlt die Fähigkeit zu realisieren, dass das hier gerade die Realität ist. Vielleicht ist es auch nicht die Realität.

Aber in diesen Augenblick möchte ich mir überhaupt nichts anders vorstellen, als hier neben Reece zu liegen und all die Probleme in den Hintergrund zu rücken.

Es fühlt sich so gut an, so normal, wie es lange nicht mehr war.

Vielleicht hält es dieses Mal an und endet nicht gleich wieder am nächsten Tag.

Gedankenverloren spielt Reece mit einer braunen Strähne meiner Haare. Stumm mustere ich sein Gesicht. Es ist völlig entspannt und frei von allen Sorgen. Vorsichtig ziehe ich mit dem Zeigefinger die Form seiner weichen Lippen nach. Ich kann einfach nicht widerstehen. Seine leuchtenden Augen verfolgen jede kleinste Bewegung von mir achtsam und seine Lippen verziehen sich zu einem Lächeln.

»Meinst du, die anderen sind sauer, dass wir vom Bingo geflüchtet sind?«, frage ich leise, jedoch ohne meinen Blick von ihm zu nehmen.

»Wir haben ihnen doch eine Nachricht geschrieben«, grinst Reece. »Außerdem liege ich jetzt viel lieber hier mit dir in diesem Bett.«

Ich lächle verlegen. Ich kenne ihn schon so lange, doch jede Minute mit ihm fühlt sich neu an. Und in jeder einzelnen Minute verfalle ich ihm ein Stückchen mehr.

Ich kuschle mich an seine Brust und er malt sachte mit den Fingerspitzen Kreise auf die freie Haut an meinen Armen. »Das habe ich vermisst«, murmle ich und schließe die Augen.

Vor ein paar Monaten hätte ich mir nicht erträumen können, dass wir jemals wieder so die Zeit miteinander verbringen. Es ist ein kleines Wunder und es gibt mir Hoffnung, dass nicht alles für immer verloren ist.

»Was machst du nächste Woche?«, frage ich.

»Du meinst, was ich an meinem Geburtstag mache?«, kommt die Gegenfrage.

Ich setzte mich ein Stück auf und stütze mich mit der Hand auf dem Bett ab, sodass ich nun auf ihn herabsehe. »Ja, vermutlich meine ich diesen Tag«, schmunzle ich.

»Ich weiß nicht«, er seufzt und sieht an die Decke. »Mein Geburtstag zeigt mir nur, dass es fast ein Jahr her ist.«

»Es bedeutet aber auch, dass du fast ein Jahr überstanden hast«, versuche ich ihm die positive Seite an seinem Geburtstag zu zeigen, obwohl er natürlich recht hat.

Jetzt trennen uns nur noch knappe zwei Monate von dem Tag. Nicht ganz zwei Monate. Weniger als zwei Monate und dann haben wir wieder Juni. Es fühlt sich noch nicht wie ein ganzes Jahr an.

Wenigstens verbringen wir das Ende von diesem Jahr gemeinsam und nicht getrennt. Das ist zumindest eine gute Sache. Bald haben wir es geschafft.

Zusammen.

Ich brauche ihn. Was hätte ich nur den Rest meines Lebens ohne ihn getan?

Was wäre gewesen, wenn ich ihn an diesem Tag für immer verloren hätte?

Dann ist mir diese verdammte Amnesie deutlich lieber, als ihn vollkommen und für immer zu verlieren.

Ich hätte nicht nur ihn verloren, sondern auch ein Teil von mir, der ihm immer gehören wird. Auch wenn sich unsere Wege eines Tages getrennt hätten.

»Und was machst du dann zwei Wochen später?«, reißt Reece mich aus meinen Gedanken.

Ich halte inne und langsam aber sicher scheint es, als würde mein Herz aussetzen. Was hat er gesagt?

»Woher?« Von meiner Stimme ist nur noch ein leises Wispern übriggeblieben, doch sie droht jeden Moment zu versagen.

Mein Mund kann kein einziges Wort mehr verlassen. Es ist beinahe schon unmöglich, dass dieses kleine Wort vor wenigen Sekunden über meine Lippen gekommen ist.

»Holly, du glaubst doch nicht, dass ich deinen Geburtstag…«, fängt er an, doch als ihm klar wird, was er sagt, stockt er. Sekunden später verstummt auch seine Stimme endgültig und unsere Blicke begegnen sich.

»Scheiße, verdammt, Reece«, sage ich fassungslos, sobald ich meine Stimme wiedergefunden habe.

Ich weiß nicht, was ich sagen soll.

Ich weiß nicht, was ich machen soll.

Soll ich lachen?

Soll ich weinen?

Reece streicht mir eine Strähne hinters Ohr, wie er es früher immer getan hat.

»Weißt du wann der Moment war, als ich erkannt habe, dass ich dich liebe?«

Ich schüttle vorsichtig den Kopf.

»Ich meine beim ersten Mal?«, fragt er. »Eigentlich mochte ich dich schon seit dem ersten Tag, an dem ich dich zum ersten Mal gesehen habe und ich war sowas von nervös, als ich dich das erste Mal gefragt habe, ob du mit mir ausgehen würdest. Ich war wirklich verdammt nervös, Holly. Doch das erste Mal, als ich mir sicher war, dass ich dich liebe, war in diesem kleinen Fotoautomat in dieser kleinen Bar. Du warst so glücklich und dein Lachen war wunderschön. Du warst wunderschön.«

Mein Herz weiß nicht mehr, ob es klopfen soll oder stehen bleiben soll. Was passiert hier gerade?

Er sieht mir immer noch entgegen. »Genau in diesem Moment habe ich gemerkt, dass ich dir schon längst verfallen bin.«

Das war auch der Abend, wo Reece und ich uns zum ersten Mal geküsst haben.

Meine Augen füllen sich mit Tränen und nach und nach fließen die Tränen nur so über meine Wange hinab.

Woher weiß er all diese Dinge?

Wie ist das nur möglich?

Warum ausgerechnet jetzt?

Wieso jetzt?

Behutsam wischt Reece mir mit dem Daumen meine Tränen aus dem Gesicht und seine Finger hinterlassen ein Kribbeln auf meiner Haut.

Ich schnappe kaum merklich nach Luft, als ich für einen kurzen Augenblicke vergesse, wie man von alleine atmet.

»Du hast mir keine andere Wahl gelassen, als mich voll und ganz in dich zu verlieben.« Er lacht leise und ich stimme ein, weil ich in diesem Moment einfach nicht anders kann.

Es ist doch schon eine verkorkste Beziehung zwischen uns.

Aber es ist eine verkorkste Beziehung, die ich für nichts auf dieser Welt eintauschen würde.

»Du hast mir einfach keine andere Wahl gelassen, Holly«, flüstert Reece erneut. »Und genau das ist schon wieder passiert.«

Kapitel 42
REECE || VERGANGENHEIT

»Da kommen wir niemals rein.« Holly schüttelte energisch den Kopf und mustert das Gebäude vor uns.

»Doch kommen wir.« Ich schmunzelte. »Sogar ohne einen Ausweis mit bescheuerten Namen, die überhaupt nicht unsere sind.«

Kritisch warf sie mir einen Blick zu.

»Erstens steht niemand an der Tür, um zu schauen, wer reindarf oder nicht. Erst an der Theke könnten sie misstrauisch werden. Zweites wollen wir hier kein Alkohol trinken«, erklärte ich ihr. »Und drittens gehört die Bar einem Freund von meinem Dad.«

Ohne mir groß Gedanken zu machen, greife ich nach ihrer Hand, die sie mir zu meinem Glück nicht gleich wieder entzieht, sondern mit ihrer kleinen Hand meine Hand sachte umschließt. Mein Herz klopfte fest gegen meine Brust.

Was machte dieses Mädchen nur mit mir?

Wir liefen Hand in Hand in die kleine Bar und als mich der Bekannte meines Dads entdeckte, nickte er mir kurz zu, ehe ich Holly an einen Tisch am hinteren Ende des Raumes zog. Abgelegenen von all den anderen Gästen, sodass wir ungestört für uns sein konnten.

Langsam ließ ich Hollys Hand los, um mich auf einen der beiden Stühle zu setzen, doch sofort überkam mich der Drang wieder nach ihrer Hand zu greifen. Sie setzte sich mir gegenüber und stützte ihren Kopf auf ihre Hände ab, sodass ich nicht mehr die Gelegenheit bekam ihre Hand in meine zu nehmen. So sehr ich auch ihre Haut auf meiner Haut spüren wollte.

Es war schon verrückt, dass dies inzwischen meine Gedanken waren, wenn sie bei mir war. Es waren eigentlich auch meine Gedanken, wenn sie nicht bei mir war.

»Erzähl mir was über dich.« Sie blickte mich mit einem schiefen Grinsen im Gesicht an.

Ich erwiderte ihr Grinsen nur zu gerne. »Was willst du hören?«

Sie lachte. »Alles. Einfach alles.«

»Da gibt es nicht viel«, sagte ich, wobei ich sie nicht aus den Augen ließ. »Also mein Name ist Reece Morrison. Ich wohne eigentlich schon immer hier. Keine Allergien, jedenfalls nicht, dass ich es wüsste und keine Haustiere, aber eine Schwester.«

Holly schüttelte amüsiert den Kopf, doch bevor sie ihre Gedanken in Worte fassen konnte, wurden wir unterbrochen. »Kann ich euch etwas zu trinken bringen?«

Holly nickte freundlich und strich ihre braunen Haare hinters Ohr. »Eine Cola, bitte.«

Ich stimmte ihr zu. »Für mich bitte auch.«

Schnell verschwand der Typ wieder, um wenige Minuten mit unseren Getränken wiederzukommen, die wir dankend annahmen.

»Sonst gibt es also nichts über dich zu wissen?«, fragte Holly und nippte kurz an ihrer Cola. »Das war nicht wirklich, was ich wissen wollte.«

»Dann musst du wohl deine Fragen genauer formulieren«, schmunzelte ich, ehe ich auch einen Schluck aus meinem Glas nahm.

Nachdenklich zog sie ihre Unterlippe zwischen die Zähne. »Erzähl mir etwas, was noch niemand über dich weiß.«

Aufmerksam musterte ich sie, lehnte mich gegen die Stuhllehne und schwieg für einen Moment.

Neugierig sah Holly mich weiter an und zog nach einer Weile, in der ich noch immer nicht gesprochen hatte, fragend die Augenbraue hoch. »Also?«

»Verrätst du mir dann auch ein Geheimnis über dich?«, wollte ich wissen und lehnte mich wieder nach vorne, um ihr näher zu sein.

Sie hielt den Blickkontakt stand. »Zuerst du.«

Erneut machte ich eine Pause, ehe ich dem braunhaarigen Mädchen vor mir antwortete. »Vielleicht ein anderes Mal.«

Kurz blitzte Enttäuschung in ihren Augen auf und von ihren Lippen verschwand das Lächeln für einen kleinen Moment. Doch so schnell wie die Enttäuschung kam, war sie wieder verschwunden und Holly blickte sich in dem Raum um, ehe sie an einer Stelle hängen blieb. »Ist das ein Fotoautomat?« Begeistert sah sie zu mir.

Ich musste lachen. Natürlich blieb ihr Blick dort hängen. »Sollen wir?«

»Ich dachte, du fragst nie«, erwiderte sie und stand schon auf, um zum Fotoautomat zu eilen und gleich hinter dem roten Vorhang zu verschwinden.

Bei ihr angekommen, ließ ich mich neben ihr auf die schmale Bank fallen. Hier hatte scheinbar jemand mitgedacht und nicht nur Platz für eine Person eingebaut.

Ich warf das Geldstück ein, welches ich zuvor noch an unserem Tisch aus meinem Portmonee gekramt hatte. »Und bitte lächeln«, erinnerte ich Holly.

Sie warf mir einen Blick zu, um mir zu sagen, dass ihr das doch klar war, ehe sie in die Kamera grinste.

Immer wenn sie lächelte, hoffte ich, dass ich der Grund dafür war. Falls ich es nicht war, wollte ich dieser Grund unbedingt beim nächsten Mal sein.

»Was guckst du mich so an?«, kam es lachend von Holly.

Ihr Lachen war wunderschön. Ich hätte alles dafür getan, dass ihr nichts und niemand dieses Lachen nehmen würde.

Mir wurde klar, dass sie mir mehr bedeutete, als ich eigentlich annahm.

Ich wusste bereits, dass sie besonders ist, als ich sie das erste Mal sah.

Doch ich wusste nicht, dass ausgerechnet sie meine Welt vollkommen auf den Kopf stellte.

»Du hast mich nach etwas gefragt, was noch niemand über mich weiß«, sagte ich leise. Es war schon fast ein Flüstern.

Sie nickte unsicher.

»Niemand weiß, dass ich dich jetzt am liebsten küssen würde.«

Sie sieht mich weiterhin an und ihre Mundwinkel heben sich leicht. »Und niemand weiß, dass ich das gerade für eine sehr gute Idee halte.«

Vorsichtig lehnte ich mich zu ihr, um meine Lippen auf ihre weichen Lippen zu legen.

Erleichterung machte sich in meiner Brust breit, als sie den Kuss erwiderte.

In ungleichmäßigen Abständen hämmerte mein Herz in meiner Brust.

Mit jeder Sekunde verdrängte Holly auch die Gedanken und die Angst, dass sie mich zurückweisen würde.

Und von diesem Moment an war ich ihr voll und ganz verfallen.

Vermutlich für immer.

Der Gedanke war doch gar nicht mal so schlecht.

Kapitel 43
REECE || GEGENWART

»Lässt du dich auch mal wieder bei uns blicken?«

Ich lasse mich auf den freien Stuhl neben Jamie fallen. »Ich dachte, es wird mal wieder Zeit, euch mit meiner Anwesenheit zu beehren.«

»Sehr gnädig.« Selena beugt sich etwas auf ihren Stuhl vor, um an Jamie vorbei sehen zu können.

»Natürlich.« Ich zucke mit den Schultern. Tatsächlich war es weder die Idee meiner Mutter oder meinem Vater, noch die von meiner Schwester. Es fühlte sich einfach für den richtigen Zeitpunkt an, hierherzukommen.

Nun sitze ich hier also. Und in weniger als zwei Stunden werde ich zu Holly fahren und mit ihr den Rest ihres Geburtstags verbringen, wie wir es erst vor zwei Wochen auch an meinem Geburtstag getan haben.

Nach dem Unfall letztes Jahr hatte ich immer das Gefühl, dass in meinem Leben etwas fehlte. Damals wusste ich nicht, was es war. Heute weiß ich, dass es nicht etwas war, sondern jemand und dass es Holly war.

Es war und bleibt Holly, die ich in meinem Leben brauche. Nur sie.

Sie und ich gegen den Rest der Welt, nicht wahr?

»Was hast du so getrieben?«, fragt der Lockenkopf neben mir. »Ist schon ziemlich lange her, dass du hier warst.«

Ich blicke zu ihm. »Ich schätze, ich habe versucht, mein Leben in den Griff zu kriegen.«

»Und?« Selena mustert mich neugierig. »Geschafft?«

Mein Mund verzieht sich zu einem leichten Lächeln. »Ja, ich denke schon. Ich hatte schließlich Hilfe.«

Jamie grinst mich an. »Von ihr?«

Größtenteils mit ihrer Hilfe. Als ich mit ihr ohne meine Erinnerungen in der Schule gesprochen habe und dachte, sie nicht zu kennen, wusste ein Teil von mir, dass sie mir helfen kann.

Es gibt so vieles, woran ich mich erinnern möchte, aber es nicht kann.

Ich wusste, dass nur sie meine Rettung sein kann und ich lag richtig. Trotz all den Dingen die passiert sind, hat sie niemals die Hoffnung aufgegeben, auch wenn es schwer war. Sie gab mir die Hoffnung, dass alles irgendwann wieder gut werden würde. Selbst wenn sie Zweifel hatte, änderte es nichts an ihren Gefühlen.

Und genau dafür bin ich ihr unendlich dankbar.

»Vermutlich«, bestätige ich.

Jamie seufzt theatralisch auf. »Du hast echt Glück.« Er schüttelt leicht den Kopf. »Du hast wirklich Glück.«

»Ich weiß.«

Kapitel 44
HOLLY || GEGENWART

»Du hast meine Krone geklaut.« Stürmisch kommt meine Cousine in die Küche gerannt und sieht ihre kleine Schwester, die auf unserem Küchentisch sitzt, vorwurfsvoll an.

Eifrig schüttelt Maisie ihren Kopf und schluckt die Stücke von ihrem Keks im Mund runter, ehe sie antwortet. »Habe ich nicht.«

»Und was hast du da auf dem Kopf?« Ellie stemmt die Hände in die Hüfte, während ich die Situation nur belustigt beobachte.

»Das ist meine Krone.« Sie tastet nach ihrer Papierkrone, die die beiden und ich gebastelt haben. Eigentlich hatten auch beide jeweils eine Krone für sich.

»Nein, das ist meine Krone.«

»Nope.« Damit scheint das Gespräch für Maisie auch beendet zu sein, denn sie beißt erneut zufrieden in den Keks.

»Hollyyy.« Ellie blickt zu mir. »Hast du meine Krone gesehen?«

Auch ich schüttle nun meinen Kopf. »Vielleicht hat meine Mom deine Krone ja gesehen«, schlage ich vor, als meine Mutter zu uns in die Küche kommt.

»Tante Esme, Holly hat meine Krone geklaut.«

Wie bitte?

»Ja«, stimmt ihr Maisie vom Tisch aus zu.

Was soll das denn hier werden? Gerade hat Ellie doch noch Maisie beschuldigt, nicht mich.

Mom lacht. »Das glaube ich nicht. Ich glaube, die liegt im Wohnzimmer.«

Schön, dass wenigstens eine Person auf meiner Seite steht.

Skeptisch blickt das kleine Mädchen erst zu meiner Mom und dann zu mir, dann wieder zurück und wieder zu mir. »Wenn du meinst.« Schon macht sie auf dem Absatz kehrt. »Aber ich glaube ja, dass Holly sie hat. Nur weil sie keine Krone zu ihrem Geburtstag geschenkt bekommen hat.« Sie wirft mir einen letzten flüchtigen Blick zu und verlässt den Raum.

Als ich mich kopfschüttelnd von der Tür abwende, springt meine andere Cousine vom Tisch, wobei sie sich allerdings noch einen Keks schnappt. »Eigentlich habe ich die Krone ja im

Badezimmer versteckt.«

Fassungslos schaue ich zu ihr, doch sie hüpft nur kichernd aus der Küche und ihrer Schwester nach.

»Das sind doch keine Kinder«, sage ich, als nur noch Mom und ich in der Küche sind.

»Glaub mir, du warst noch viel schlimmer und hinterhältiger, als du ein Kind warst.«

Ich doch nicht. Ich war quasi ein Engel in Person. Jedenfalls nach meiner Ansicht.

Mom nimmt ein paar Teller aus dem Schrank. »Kommst du dann auch gleich Kuchen essen? Oh, bring bitte auch Gabeln mit.«

»Mach ich«, entgegne ich ihr, ehe sie zurück zu unseren Gästen geht.

Vielleicht sollte ich noch etwas Kuchen für Reece beiseitelegen.

Mit den Fingerspitzen ziehe ich mein Handy aus einer meiner hinteren Hosentaschen und gehe auf Reeces Kontakt.

»Holly?«, ertönt eine Stimme. Das ist definitiv nicht die Stimme, die ich erwartet habe. »Hier ist Jamie.«

Jamie und nicht Reece.

»Reece hatte einen Unfall.«

Kapitel 45
HOLLY || GEGENWART

Ich hasse Krankenhäuser. In letzter Zeit irgendwie mehr, als all die anderen Jahre zuvor.

Seitdem ich einen Fuß in dieses Gebäude gesetzt habe, kommen die Erinnerungen wieder zurück, die hier vor einem Jahr entstanden sind. Doch ich setzte weiterhin einen Fuß vor den anderen.

»Nicht so hektisch.« Kaum laufe ich um die Ecke, knalle ich gegen eine Brust.

Schnell weiche ich einen Schritt zurück. »Entschuldige.«

»Alles gut«, winkt er ab. »Ich wollte mir gerade in der Cafeteria eine Kleinigkeit kaufen gehen, möchtest du mitkommen?«

Ich schüttle nur den Kopf. »Wo ist er?«

»Es geht ihm gut, Holly. Es ist alles gut«, beruhigt Jamie mich. »Sie behandeln ihn gerade.«

Ich stemme die Arme in die Hüfte und atme einmal tief durch. Es geht ihm gut.

Das hatte Jamie mir auch gleich am Telefon gesagt, doch seine ersten Worte wiederholten sich immer wieder in meinem Kopf und übertönten alle anderen Wörter, die er sagte. *Reece hatte einen Unfall.* Immer und immer wieder dieser eine Satz.

Es geht ihm gut.

Es ist alles gut.

Konnte es das nicht schon beim ersten Mal sein? Dann wäre vermutlich alles anders gewesen.

Ich würde es nicht nochmal ertragen ihn zu verlieren. Ich würde es nicht nochmal ertragen, dass er mich wieder vergisst. Er darf nicht aus meinem Leben verschwinden.

»Komm, wir gehen dir einen Schokoriegel kaufen«, schlägt Jamie vor. »Reece müsste bestimmt gleich kommen. Wir können jetzt eh nicht mehr tun, als zu warten.«

Widerwillig fange ich an zu nicken. »Wo ist die Cafeteria?«

»Ich glaube dort entlang.« Jamie deutet auf ein Schild und geht in die angegebene Richtung.

»Warum bist du eigentlich hier?«, frage ich nach einer Weile, in der wir schweigend nebeneinanderher gelaufen sind.

Die Tür der Cafeteria taucht in unserem Sichtfeld auf, als Jamie mir antwortet: »Wir waren bei der Gruppe und ich habe ihn dann hierhergefahren. Tut mir leid, dass ich dir erst solch einen Schrecken eingejagt habe.« Er räuspert sich verlegen. »Ich habe nicht wirklich nachgedacht. Das war eine scheiß Wortwahl von mir.«

»Allerdings«, gebe ich zu. »Wie war es bei dir? Wie hast du sie bekommen, also die Amnesie?«

Wir setzen uns an einen der runden Tische. Kaum ein anderer Tisch ist besetzt. Nur an einem der Tische am Fenster sitzen zwei Frauen, die sich unterhalten.

»Das ist eine etwas kompliziertere Geschichte. Dafür brauche ich aber zuerst etwas zu essen«, grinst er.

Fünf Minuten später kommt er auch schon mit zwei Schokoriegeln zurück und legt einen vor mir auf den Tisch. »Dein Geburtstagsgeschenk von mir. Reece hat es mir im Auto erzählt.«

Ich lächle leicht. Der Gedanke ist schön, dass Reece an mich denkt, wenn ich nicht gerade bei ihm bin. »Danke.«

»Nichts zu danken.«

Mittlerweile waren weitere zehn Minuten vergangen, in denen Jamie mir seine Geschichte erzählt.

Jeder hat eine andere Geschichte, doch die eine ist nicht gleich leichter als die andere. Jeder hat mit seinem eigenen Schicksal zu kämpfen.

»Hey.«

Mein Blick trifft auf seine Augen und sofort stehe ich auf und schließe ihn in meine Arme, woraufhin er leise Luft ausstößt.

»Mein Arm«, klärt er mich auf, als ich wieder von ihm abweiche.

»Du Vollidiot.«

Er lacht. »Wir sind im Krankenhaus und du beleidigst mich?«

»Wer fällt auch bitte eine Treppe runter?«, frage ich. »Ich habe mir Sorgen gemacht.«

Dieses Mal nimmt er mich in den Arm und legt seinen Kopf auf meinen ab. »Es ist nichts passiert. Es ist nur eine kleine Prellung.«

»Du erinnerst dich jetzt nicht zufällig wieder an alles?«, murmle ich an seine Brust.

»Nein, leider nicht.«

»Vielleicht sollte ich dir einfach mal einen Schlag auf den Kopf geben«, überlege ich. Natürlich würde ich das nicht tun, aber ich bin einfach froh, dass nichts passiert ist. Auch, wenn seine Erinnerungen so nicht zurück sind.

Ich löse mich aus Reeces Umarmung, sodass ich sein Schmunzeln sehen kann. »Das ist also dein Plan.«

Leicht boxe ich ihn gegen die Brust. »Was hast du denn gedacht?«

»Hätte ich mir denken können«, entgegnet er. »Sollen wir zu dir fahren?«

Ich nicke. »Das ist eine sehr gute Idee. Ich habe das Auto vor dem Krankenhaus geparkt.«

Nachdem wir uns von Jamie verabschiedet haben und das Krankenhaus durchquert haben, sitzen wir nun im Auto.

Ich bin froh, dass wir aus diesem Gebäude sind.

Reece mustert mich vom Beifahrersitz aus.

»Was ist los?«, frage ich.

»Ich habe dir deinen Geburtstag versaut«, sagt er leise und sieht betroffen auf das Radio.

»Hey«, erwidere ich, während ich meine Hand auf seine Wange lege und ihn so dazu bringe mich anzusehen. »Das hast du nicht. Außerdem ist der Tag noch nicht vorbei.« Ich lehne mich vor, um ihn zu küssen.

Sachte erwidert er den Kuss und lässt mich vergessen, dass wir uns noch immer auf dem Parkplatz des Krankenhauses befinden und es mein Geburtstag ist.

»Tut mir leid.« Reece löst sich von mir und holt eine kleine Schachtel aus seiner Jackentasche. »Ich hoffe, es ist nicht kaputt gegangen, als ich gefallen bin. Dass ich eine Treppe herunterfalle, war nämlich irgendwie nicht geplant.«

»Wirklich«, grinse ich und nehme das kleine Kästchen vorsichtig entgegen.

Achtsam klappe ich die Schachtel auf. Ein silbernes Bettelarmband. Ich hatte es vor ein paar Wochen in einem Geschäft gesehen, als Reece und ich in der Stadt waren.

»So können wir jeden Anhänger mit einer Erinnerung verbinden, damit die Erinnerungen für immer bestehen bleiben.«

Ich sehe zu ihm auf. »Danke, Reece.«

»Das ist das Mindeste, was ich tun kann. Ich habe noch so viel wieder gut zu machen.«

»Das tust du schon damit, dass du hier bei mir bist«, flüstere ich.

Als Reece den Unfall hatte und sich plötzlich nicht mehr an mich erinnern konnte, ging eine Welt für mich unter. Ich dachte, dass es niemals so werden kann, wie es einmal war. Doch ich lag falsch. Es ist zwar nicht das Gleiche, aber er ist bei mir. Er liebt mich, daran kann er sich erinnern.

»Du musst mir nur noch einen Gefallen tun.«

»Und das wäre was?«

»Würdest du mit mir auf den Abschlussball gehen, Holly?«

Kapitel 46
HOLLY || GEGENWART

Das ist es also.

Vor einem Jahr wollte ich mit Reece auf unseren Abschlussball. Vor einem halben Jahr dachte ich, dass ich alleine gehen werde. Vor ein paar Monaten wusste ich nicht, ob er mich jemals wieder lieben wird.

Doch er tat es. Er fing wieder an, mich zu lieben. Vielleicht hat er nie damit aufgehört. Ich habe es jedenfalls nie.

»Ich kann nicht fassen, dass sie unseren Abschlussball machen, bevor wir unsere Prüfungen schreiben.«

»Willkommen an unserer Schule«, erwidert Bree und schüttelt den Kopf. Ihre Eltern waren mittlerweile getrennt. Sie verkraftet die ganze Situation besser, als erwartet. Nur manchmal braucht sie einfach noch eine Freundin bei sich, wenn alles zu viel wird.

Reece greift nach meiner Hand. »Wollen wir?«

Die anderen nicken und gemeinsam laufen wir zum Football Feld.

Bereits der Weg dorthin ist mit Ballons in unseren Schulfarben dekoriert. Überall, wo man hinsieht blaue und gelbe Ballons. Die laute Musik hat uns schon am Parkplatz empfangen, als wir aus dem Auto stiegen.

»Das ist aber nicht viel anders, als der Ball im Winter«, stellt Callum fest, woraufhin er von Bree einen bösen Blick erntet. »Ich meine ja nur«, verteidigt er sich.

»Irgendwie muss ich Callum ja zustimmen«, unterstützt Nathan Callums vorherige Aussage.

Sie haben recht. Optisch unterscheidet sich unser Abschlussball nicht von dem Ball, den es jedes Jahr im Winter gibt. Nur dieser hier ist im Freien. Andererseits ist es auch so anderes. Besonders für mich. Hier auf diesen Ball sind Reece und ich wieder zusammen.

Ich habe ihn endlich wieder. Das ist mehr, als ich mir erträumt hatte.

Vielleicht werden seine Erinnerungen auch irgendwann wiederkommen. Aber ich werde alles versuchen, um neue Erinnerungen mit ihm zu erschaffen. Eventuell sogar bessere Erinnerungen. Wer weiß das schon. Wir können nun mal nicht in die Zukunft sehen.

»Es ist unser Abschlussball«, sagt Bree. »Den hat man nur einmal im Leben.«

»Ganz genau.« Tessa und Malea tauchen vor uns auf. »Und deswegen solltet ihr jetzt alle tanzen kommen«, beendet Malea ihren Satz.

Während die anderen sich unter die tanzenden Schüler mischen, bleiben Reece und ich zurück.

Würde er nicht meine Hand halten, hätte ich Zweifel, dass das hier real ist. Es fühlt sich wie ein Traum an, doch nicht wie die Realität.

Doch seine Hand gibt mir die Gewissheit, dass er wirklich hier mit mir ist.

»Hat dir schon jemand gesagt, wie wunderschön du heute aussiehst?«, erkundigt sich Reece bei mir.

Ich schmunzle. »Du, nur schon fünf Mal«, erinnere ich ihn, ehe ich ihn in Richtung unserer Freunde gehe.

»Vielleicht will ich ja etwas Zeit nur mit dir verbringen, Holly.«

Ich bleibe stehen und drehe mich zu ihm. »Willst du das?«

»Vielleicht«, entgegnet er grinsend. »Wir müssen schließlich die uns genommene Zeit aufholen.«

Es wurde uns so viel mehr als nur Zeit genommen. All das sollten wir uns zurückholen. Und wir sollten gleich damit anfangen.

»Da seid ihr ja.« Bree zieht mich mit sich, sodass Reece keine Wahl bleibt, als uns zu folgen. Vielleicht würden wir auch erst gleich damit anfangen.

»Guckt mal, wen ich gefunden habe«, ruft meine beste Freundin den anderen zu.

»Nachher«, flüstert nun auch Reece mir zu.

Ich nicke und so schließen wir uns unseren tanzenden Freunden an.

Es ist schön einmal alle negativen Dinge vergessen zu können und einfach nur Spaß haben zu können. So hätte in dem letzten Jahr jeder Tag sein können.

Lachend lege ich meine Hände auf Reeces Schulter und seine legen sich auf meine Hüfte, während wir uns zu der Musik bewegen, wobei mein rotes Kleid umher schwingt.

»Ich wünschte, dass jeder Tag so wäre«, meint Reece nach einer Weile, als die Klänge eines langsamen Songs erklingen.

»Ja, das wünschte ich mir auch.«

»Dann ist das ein Deal. Von jetzt an wird jeder Tag ein guter Tag. Wir sorgen einfach dafür.« Er lacht. »Das kann doch nicht so schwer sein. Andere bekommen das doch auch hin.«

Ich stimme in sein Lachen ein. »Stimmt, so schwer kann das nicht sein. Wenn alle anderen Menschen das schaffen, können wir das erst recht.«

»Ganz genau. Ich liebe dich, Holly.«

Die wohlige Wärme macht sich in meiner Brust breit, die sich immer bemerkbar macht, wenn Reece solche Dinge sagt oder tut.

Ein Teil von mir kann es einfach nicht glauben, was für ein Glück ich habe.

Ich habe wahnsinniges Glück ihn in meinem Leben zu haben.

»Ich liebe dich.«

Sachte legt er seine Lippen auf meine. Gerade als er seine Hand an meine Wange legen will, streift der erste Regentropfen meine freie Haut an meinem Arm.

»Wie klischeehaft«, grinst Reece, ehe sich seine Lippen wieder mit meinen verschließen und der Regen allmählich stärker wird.

In nehme nur noch war, wie alle an uns vorbeirennen, um sich in Sicherheit vor dem Regen zu bringen.

Langsam trenne ich mich von Reece, damit wir den anderen folgen können. Ich greife nach seiner Hand und will schon losgehen, doch er bewegt sich nicht.

Ich lasse die Hand sinken und sehe zu ihm. Sein Blick begegnet meinem.

Keiner von uns braucht etwas sagen. Ich sehe es an seinem Blick.

Er sieht mich anders an.

Er sieht mich wie früher an. Er sieht mich wie früher an, bevor all das geschah.

Ich dachte, dass er mich nie wieder so ansehen wird.

»Ich erinnere mich, Holly.«

In diesem Moment wird mir klar, dass es vielleicht wie früher wird. Wie früher, nur besser.

Unser vielleicht morgen ist endlich zu unserem vielleicht heute geworden.

Und das kann uns keiner mehr nehmen.

Nie wieder.

EPILOG
HOLLY || EPILOG

Die warmen Sonnenstrahlen zeichnen sich auf seinem Gesicht ab und vereinzelte Strähnen seines braunen Haares liegen verstreut auf seiner Stirn. Seine Augen sind geschlossen und sein Mund ist ein kleines Stückchen geöffnet.

Seine Brust hebt und senkt sich abwechselnd in regelmäßigen Abständen. Er sieht so ruhig und zufrieden und glücklich aus, als wäre alles okay.

Ich werde vermutlich nie aufhören ihn zu lieben. Das würde ich auch nicht wollen.

Wir Menschen sind alles andere als perfekt. Nur für eine Person auf dieser Welt sind wir es, selbst mit unseren Macken und all unseren Fehlern. Langsam öffnet er seine Augen und blinzelt mich verschlafen an, ehe er seine Lippen zu einem glücklichen Lächeln verzieht.

Schmunzelnd streiche ich ihm seine Haare aus der Stirn. »Guten Morgen.«, sage ich leise, doch er rollt sich nur murrend in sein Kissen.

»Dann muss ich wohl ohne dich frühstücken«, erwähne ich, während ich die weiße Bettdecke von meinen Beinen ziehe und die Fußspitzen bereits auf das dunkle Laminat von Reeces Zimmer setze.

»Oder du bleibst einfach bei mir«, erwidert er eilig und zieht mich wieder ins Bett und in seine Arme. »Für immer, okay?«

Erst drehe ich mich um, um ihn besser sehen zu können, bevor ich ihm grinsend antworte. »Okay.«

»Versprichst du es mir?« Plötzlich wirkt er angespannter, als er es noch vor wenigen Sekunden war.

Ich nicke. »Wenn du es mir auch versprichst«, bitte ich ihn liebevoll. »Denn ich, ich habe nicht vor, dich zu verlassen. Das verspreche ich dir von ganzem Herzen, Reece.«

Seine Gesichtszüge werden wieder weicher. »Ich liebe dich so sehr, Holly. Das weißt du, oder?«

Er schafft es immer wieder, die Welt zu einem perfekten, besseren Ort zu machen, wenn er bei mir ist. Das ist einer der tausend Gründe, warum ich ihn liebe.

»Ich weiß«, nicke ich und gebe ihn ein Kuss auf die Lippen. »Ich liebe dich auch. Mit jeder einzelnen Faser meines Körpers und jedem weiteren Tag liebe ich dich etwas mehr. Jede Sekunde verliebe ich mich immer mehr in dich, Reece.«

Doch ich habe versagt. Ich habe mein Versprochen gebrochen.

Ich dachte, dass ich dieses Versprechen niemals brechen könnte.

Reece ist nicht mehr bei mir. Ich kann nicht mehr bei ihm sein. Momente wie diese werde ich nie wieder mit ihm erleben können.

Ich habe ihn verloren.

Er wurde mir genommen.

Man hat ihn mir einfach genommen.

Hier saßen wir nun, ohne ihn und nahmen Abschied von ihm. Abschied von Reece.

Ich habe versucht es zu verdrängen, dass er nun nicht mehr da war.

Nach dem Autounfall bin ich in die verschiedensten Situation geflüchtet. Ich hätte alles in Kauf genommen, selbst Amnesie. So wäre er wenigstens noch am Leben gewesen und ich hätte ihn nicht für immer verloren.

Er hat nie Amnesie gehabt oder sonstige Dinge, die ich mir vorgestellt habe.

Doch nun holt die Realität mich endgültig ein.

Ich konnte mich nicht einmal richtig von ihm verabschieden. Als ich am Krankenhaus ankam, war es bereits zu spät. Ich hätte ihn an diesem Tag nicht in dieses verdammte Auto steigen lassen dürfen. Er hätte niemals losfahren dürfen.

Es hätte ein anderes Ende für uns geben müssen.

Das kann doch nicht fair sein. Warum er? Warum musste ausgerechnet Reece von uns gehen? Er hat das nicht verdient. Er sollte leben. Er sollte jetzt eigentlich sein Leben leben.

Ich würde alles geben, um ihn nur noch ein einziges Mal zu sehen.

Noch einmal seine Stimme und sein Lachen zu hören.

Ich möchte nur noch einmal seine Lippen auf meinen fühlen. Seine Haut nur noch einmal an meiner spüren.

Mein Blick fällt auf das silberne Bettelarmband an meinem Handgelenk, was er mir noch vor wenigen Wochen geschenkt hat.

Dies war der letzte Gegenstand, der mich an Reece erinnerte.

In meiner Vorstellung gab er es mir zum Geburtstag, um nie wieder die Erinnerungen zu verlieren, die wir in der Zukunft bekommen würden.

Nur wird es nie eine Zukunft für uns geben.

Es fühlt sich an, als wäre das bereits eine Ewigkeit her, doch auch noch so nahe.

Es fühlt sich alles wie ein nicht endender Albtraum an. Nur nicht wie die Realität.

Ich brauche ihn doch.

Ihr könnt ihn mir doch nicht einfach entreißen!

Ich brauche ihn verdammt nochmal!

Was ist, wenn irgendwann der Klang seiner Stimme einfach aus meinem Kopf verschwindet und sein Lachen verblasst?

Ich will doch nur noch einmal seine Nähe spüren und mit ihm reden können. Ihn in meine Arme nehmen und nie wieder loslassen.

Letztendlich habe ich mein Versprechen nicht halten können und ihn für immer verloren.

Ich werde dich niemals vergessen, Reece. Dich immer lieben und in Erinnerung halten. Ich wusste nicht, ob unsere Beziehung für immer halten würde, doch ich hoffte es so sehr.

Wir hätten vielleicht irgendwann geheiratet und wären zusammengezogen. Stell dir das mal vor.

Verrückt, nicht wahr?

Für mich gab es kein anderes Ende, als an deiner Seite alt zu werden und den Rest meines Lebens mit dir zu verbringen.

Vielleicht wird der Schmerz leichter. Vielleicht wird er irgendwann vergehen, auch wenn ich ihn immer lieben werde.

Vielleicht lerne ich irgendwann ohne dich zu leben, auch wenn es mir unmöglich erscheint.

Ja, vielleicht wird es besser.

Vielleicht morgen.

DANKSAGUNG

Hier schreibe ich also meine erste Danksagung für mein erstes gedrucktes Buch. Unglaublich, dass ich das nun sagen kann. Dieses Buch bedeutet mir so viel und ich bin unendlich dankbar dafür, dass ich die Chance, ein Buch herauszubringen, vom lieben Wreaders Verlag erhalten habe.

Vielen Dank für eure Hilfe bei der Verwirklichung meines kleinen Traumes. Natürlich gilt besonderem Dank den Leuten, die mit mir an diesem Buch gearbeitet haben.

Ich kann es noch immer nicht ganz fassen.

Ein großes Dankeschön an meine Eltern, die mich überhaupt erst zum Lesen und Schreiben gebracht haben. Danke für eure Unterstützung.

Auch dem Rest meiner Familie und meinen Freunden möchte ich selbstverständlich danken.

Zum Schluss möchte ich denen danken, die dieses Buch bereits auf Wattpad gelesen haben und mich mit den netten Worten stets ermutigt haben, das Buch zu beenden. Aber auch vielen Dank an alle, die dieses Buch nun zum ersten Mal gelesen haben.

Danke, dass ich diese Geschichte mit euch teilen durfte.